Tout ce qui reste de nos vies

Alain Rémond

Tout ce qui reste de nos vies

Éditions du Seuil
*25, bd Romain-Rolland, Paris XIVe*

ISBN 978-2-02-107926-5

www.seuil.com

Il pleuvait comme si c'était la fin du monde, une pluie longue, épaisse, interminable. Nous étions là, trempés, transis, en quête d'un abri, n'importe quel abri. Nous avions prévu de nous asseoir au soleil, dans l'odeur de l'herbe et le bruissement des feuilles. Après tout, nous étions au mois d'août. Mais voilà qu'il s'était mis à pleuvoir comme il pleut en novembre, quand tout est noir, quand tout est triste et que l'hiver s'annonce. Il n'était même pas question de nous serrer sous un arbre, tellement cette pluie était sauvage, impitoyable. Alors nous avons cherché un abri, une cabane, une étable, trois planches et un toit de tôle, juste pour être au sec.

Et là, près d'une chapelle, en pleine campagne, nous l'avons vue : une ferme abandonnée, vide et silencieuse, portes et fenêtres fermées, condamnées. À quelques mètres : un grand hangar, au milieu d'un terrain livré aux ronces et aux orties. Après nous être assurés que la ferme était bien vide, sans âme qui vive, nous nous sommes précipités sous le hangar, secouant nos vêtements comme des chiens sortant de l'eau, écoutant en silence le crépitement de la pluie sur la toiture. Le hangar était encombré d'un bric-à-brac de vieilles choses laissées là, jetées là, en vrac, comme après un départ soudain, dans l'urgence, rouillant et pourrissant, livrées au lent travail du temps. Vieilles machines agricoles, herses, charrues, semoirs, tracteurs hors d'âge. Vieux outils, faux, râteaux, pelles, pioches. Vieux meubles, tables, chaises, échelles, escabeaux déglingués. Bassines et cuvettes toutes bosselées. Et même un baby-foot bancal, à moitié défoncé. Tout ce qui avait accompagné la vie quotidienne d'une famille, pendant des années de travail, de jeux, d'amour, gisait ici, dans cette ferme aujourd'hui désertée. Les restes d'une vie, ici, près de la chapelle, au fond d'une campagne perdue.

Nous étions là comme au milieu de la mort, avec cette pluie qui tombait longuement, désespérément, et ces vieilles choses abandonnées. Ce qu'il y avait d'étrange, c'était cette impression de désordre, une maison vidée à la hâte, n'importe comment, comme avant un départ précipité. Comme pour un sauve-qui-peut.

Puis nous avons commencé à regarder d'un peu plus près ce qu'il y avait sur le sol de terre battue, entre les machines et les outils, les chaises et les tables. Dans des caisses en carton, ou même par terre, en vrac, il y avait des papiers. De vieux papiers jaunis, maculés de taches, grignotés par les souris. Des papiers oubliés, eux aussi, jetés là, eux aussi. Machinalement, nous nous sommes baissés pour en prendre un ou deux, imaginant de vieilles réclames, des bons de réduction, des notices d'appareils. Mais non. Mais pas du tout. Tous ces papiers étaient des papiers de famille. Fiches d'état civil, extraits de naissance, livret de famille, actes de vente, contrats de bail, reconnaissances de dette, livret militaire, ordre de mobilisation, ordre de réquisition, relevés bancaires, dans les années vingt, les années trente, les années quarante.

Nous réalisions, peu à peu, que toute une vie était là, sous nos pieds. Que nous étions en train de piétiner toute une vie. Des reconnaissances de dette écrites à la plume, avec les noms, les chiffres, les dates. Parfois de grosses sommes, parfois des sommes dérisoires, des notes chez le boucher, chez le boulanger. Des courriers administratifs tapés à la machine, tamponnés, datés, signés. Des relevés de banque avec des colonnes de chiffres, des additions, des récapitulatifs. Des papiers de notaire, avec la superficie du terrain d'abord loué, puis acheté. L'acte de vente de la ferme. Des certificats de travail à la SNCF. Des bulletins de salaire. Une convocation pour se rendre tel jour, à telle heure, à tel endroit, au tout début de la guerre.

Nous étions à la fois fascinés et pétrifiés. Il y avait là toute la vie d'une famille, livrée en pâture, offerte à qui voudrait. Il y avait toutes les dates, tous les actes, du mariage à la mort. Sous les formules légales, sous le langage administratif, sous les chiffres, sous les tampons, il y avait là les longues années de la vie d'une famille, les joies, les drames, la guerre, toute cette somme de démarches, toute cette paperasserie qui accompagne la vie, qui la raconte, jusqu'à la mort. Dans cette ferme perdue dans cette campagne perdue, il y avait eu toute cette vie, toutes ces journées, ici. La ferme était vide, désertée. Depuis combien de temps ? Depuis combien d'années ? Impossible de le savoir.

Et voilà que des inconnus, des étrangers, lisent tous ces vieux papiers jetés au vent, sous le hangar. Voilà que des inconnus, des étrangers, profanent cette vie, le mystère, le secret de cette vie. Ils peuvent tout lire. Ils peuvent tout savoir. Oui, tel était notre sentiment alors que nous lisions, incrédules, tous ces papiers qui nous brûlaient les mains. Nous étions tels des cambrioleurs pénétrant par effraction dans l'intime d'une vie. Tout était là, sous nos yeux. Nous avions envie de tout lire, nous ne pouvions pas nous en empêcher. Et nous en avions honte.

Le pire, c'était d'essayer d'imaginer ce qui s'était passé. Parce que tous ces papiers venaient certainement de la maison d'à côté. Qui donc avait vidé cette maison de tous ses papiers pour s'en débarrasser sous le hangar, au milieu des vieilles machines, des vieux outils ? Qui avait décidé de les jeter là, de les laisser là ? N'y avait-il personne pour les recueillir, les garder, les protéger ? Les papiers qui racontent toute une vie, n'a-t-on pas envie de les transmettre, après les avoir pieusement, précieusement conservés ? Il y avait là une telle violence, sous ce hangar, près de la ferme abandonnée. Comme un geste de rage, de colère. On ferme. On vide. Et on jette tout. Voilà tout ce qui reste de ces vies balayées : des papiers que profanent des inconnus, des étrangers.

Et c'est une telle pitié.

Je n'ai cessé, depuis, de penser à ce hangar, à cette maison fermée. À ces vieux papiers que nous lisions en silence, tandis que continuait sans trêve cette pluie de fin du monde. J'y pense avec une espèce de désespoir, en imaginant la vie de ces gens dont je ne sais rien, à part ce qu'en disent ces contrats, ces reconnaissances de dette, ces actes notariés. Je n'ai jamais vu ces gens, je n'ai pas la moindre idée de leur apparence physique, s'ils étaient sympathiques ou pas, combien ils étaient, d'où ils venaient, combien de temps ils ont passé ici, dans cette ferme, à quel âge ils sont morts, de quoi ils sont morts. Mais ils me sont tellement proches, soudain, j'ai l'impression de les connaître, d'avoir avec eux comme une intimité, en étant de la sorte entré par effraction dans leur existence. J'ai pitié d'eux, oui, c'est le sentiment qui m'envahit. Pitié et désespoir, car ils sont morts, leur vie est finie, leur maison est vide, abandonnée, leurs meubles sont pourris, leurs outils sont rouillés, leurs papiers sont livrés au vent, à la pluie, à l'obscène curiosité des passants.

J'aurais tellement aimé les rencontrer, faire leur connaissance, parler avec eux de leur vie dans cette petite ferme loin de tout, à l'ombre de la chapelle. J'aurais aimé qu'ils me racontent leur vie, le mariage, les enfants, le travail, les fêtes, les amis, les soucis, l'achat de cette parcelle de terre, les fins de mois difficiles, les enfants qui s'en vont et la vieillesse qui s'annonce, qui est bientôt là. Oui, j'aurais aimé parler avec eux, pour me faire pardonner d'être cet inconnu qui pénètre leurs secrets, qui s'approprie les traces de leur vie d'homme, de leur vie de femme.

Toute vie est infiniment précieuse. Personne ne mérite de voir sa vie ainsi éparpillée, abandonnée, piétinée. Tout ce qui reste de nos vies, ce sont ces vieux papiers. Et ces papiers sont sacrés, pour l'éternité. On ne devrait pas avoir le droit de les profaner.

Et pourtant on les profane, tous les jours ou presque, dans les brocantes, dans les vide-greniers. C'est ce que je ne peux m'empêcher de penser quand je tombe, entre une pile d'assiettes et une vieille cafetière, sur des paquets de lettres, des livres de comptes, des journaux intimes, des agendas. Ceux qui les ont écrits sont de parfaits inconnus, morts depuis bien longtemps. Et pourtant, rien que de les voir, j'ai le cœur serré. Même les cartes postales, de simples cartes postales. Les cartes postales disent peu de choses, il n'y a pas beaucoup de place pour la correspondance, à côté du nom et de l'adresse du destinataire. En quelques mots, écrits à l'encre violette, elles disent les vacances, les voyages, le temps qu'il fait, rien que des choses banales. Mais elles disent aussi, parfois, les maladies, les séparations, les fiançailles, le mariage, les naissances, la mort. En si peu de mots, elles disent parfois l'essentiel, ce qu'on écrit à la hâte, sur un coin de table, juste avant de coller le timbre, en pensant très fort à celui qui va lire. Il arrive qu'il y ait un post-scriptum, écrit dans la marge, à la verticale. Et c'est souvent dans ce post-scriptum que se dit ce qu'on voulait vraiment dire et qu'on n'arrivait pas à dire. Ou qu'on n'osait pas dire. Une seule phrase, qui commence par « au fait… », ou bien « à propos… » et qui dit, d'un seul trait, tout l'amour du monde, ou toute la peine du monde. Toute la douleur du monde.

Et tout cela devrait rester secret, à jamais. Ces mots, ces phrases n'auraient jamais dû se retrouver sur une table de brocanteur, entre une pile d'assiettes et une vieille cafetière. Voilà ce que je me dis en tenant dans mes mains ces minuscules fragments de vie qui, mis bout à bout, racontent tout le roman de l'existence humaine.

Et que dire alors des lettres ? De quel droit sont-elles là, ces lettres qui ont été écrites avec confiance, avec abandon, dans la certitude qu'elles resteraient privées, qu'elles resteraient secrètes, qu'elles ne seraient lues que par leur destinataire, puis gardées dans un tiroir, ou bien brûlées, mais jamais livrées à des regards inconnus ? Je ne peux m'empêcher de penser à toutes les lettres que j'ai conservées, celles de ma mère, de mes frères et sœurs, celles d'Anne, de mes enfants, celles de mes amis très proches, toutes ces lettres qui sont comme un trésor, qui font partie de moi, de ma vie. Je ne peux même pas imaginer qu'elles pourraient un jour se retrouver sur un étal de brocanteur, que des passants distraits pourraient les sortir de leurs enveloppes, pourraient les lire, ligne après ligne, page après page, comme des voleurs, des cambrioleurs de ma mémoire. Je deviens fou à cette simple idée, je ne peux même pas y penser.

On me dira que tous ces gens sont morts, ceux qui ont écrit ces lettres comme ceux qui les ont reçues, et que ça leur est parfaitement égal qu'elles se retrouvent dans une brocante ou un vide-greniers. La mort efface tout, la mort recouvre tout, passé, mémoire et souvenirs. Mais ce n'est pas vrai. Je ne peux pas croire que ce soit vrai. Je ne veux pas le croire. Toute vie est sacrée. Toute trace de vie est sacrée. Les lettres que je garde dans mes tiroirs, je n'arrive à les relire que dans certaines circonstances, à certaines occasions, je n'en relis chaque fois que quelques-unes, pieusement, le feu aux mains, tellement elles me sont précieuses, tellement elles disent tout de ma vie, et de la vie de ceux qui me sont chers. Que des mains inconnues s'en emparent, cette idée m'est tout simplement insupportable. Je sais bien qu'aujourd'hui tout se lit, tout se dit à tout le monde, tout est envoyé à tout le monde, tout le monde peut lire ce que tout le monde écrit sur son ordinateur, tout le monde dit tout de soi à de parfaits inconnus. Tant pis. Mes lettres resteront cachées, elles resteront secrètes, pour les siècles des siècles. Amen.

Et pourtant, la vérité, c'est que je ne peux m'empêcher de les lire, ces cartes postales, ces lettres jetées en vrac sur les tables de brocanteur. Juste quelques lignes, vite, à la dérobée, comme un voleur. Je suis comme fasciné, happé, contre mon gré. Impossible d'y résister. Ces gens sont morts, me dis-je en effleurant ces cartes postales, ces lettres, tout cela est fini, tout cela est mort, mais c'est comme lorsque l'on touche les ailes d'un papillon et que reste sur les doigts un peu de leur couleur, un peu de leur substance, quelque chose comme la poussière du temps. Lisant ces lettres, comme un voleur, du bout des doigts, j'ai l'impression de m'imprégner de ce qu'elles disent, de repartir avec un peu de leur vie en moi. Je me demande si la rencontre prévue tel jour, à telle heure, en tel endroit, a bien eu lieu. Et comment elle s'est passée. Si la tante dont on s'inquiète, pour cause de mauvaise grippe, a bien été guérie. Si le rendez-vous avec un employeur, pour enfin trouver du travail, s'est bien déroulé. J'ai envie de le savoir, j'en ai même besoin. Et comme je ne peux pas le savoir, alors j'invente, je me bâtis un roman, je rêve, j'imagine.

La vérité, c'est que je ne peux pas supporter que ces gens-là, ceux qui ont écrit ces lettres, ceux qui les ont lues, soient morts. Je ne peux pas supporter que leurs rêves, leurs espoirs, leurs projets soient à jamais en cendres. Ce sont des inconnus, ils ne sont rien pour moi. Mais je ne supporte pas qu'ils soient morts. Pas plus que je ne supporte de marcher dans un cimetière et de voir, sur les tombes, les noms, la date de la naissance et la date de la mort de tous ceux qui sont enterrés là, sous les pierres, sous la terre. Je regarde tous les noms, tous les prénoms, toutes les dates, je calcule à quel âge ils sont morts. Je regarde les gerbes, les bouquets, fleurs fraîches ou fleurs artificielles, les petits angelots en stuc sur les tombes des enfants. Je vais d'une tombe à l'autre et je me dis que ce n'est pas juste, qu'ils n'auraient jamais dû mourir. J'ai la gorge serrée comme si je les connaissais tous, comme si j'avais passé ma vie avec eux. Je maudis la mort.

Les lettres que je lis à la dérobée, vite, vite, dans les brocantes, c'est exactement la même chose. Je ne peux tout simplement pas accepter l'idée que tout ce qu'elles disent soit anéanti par la mort. Ces lettres palpitent de vie, j'entends battre des cœurs, j'entends des voix, des rires d'enfants, je devine des visages. Et tout cela n'est plus, tout cela a disparu. Vite, je repose les lettres. Vite, j'essaie de penser à autre chose.

Les brocantes sont des cimetières.

Je me souviens d'un film, un documentaire, que j'ai vu un soir, tard, à la télévision, voilà une douzaine d'années. Une histoire de brocante, justement. Une histoire de vie et de mort. Un jeune réalisateur, Henri-François Imbert, se voit offrir par une amie une caméra super-8 achetée d'occasion dans une brocante à Bangor, en Irlande du Nord. Ouvrant la caméra, il tombe sur un petit bout de pellicule laissé là, oublié là, par le précédent propriétaire. Il fait développer la pellicule, la visionne. Deux minutes d'images tremblées, surexposées, quatre personnes au bord de la mer, jouant dans l'eau. Une femme d'une soixantaine d'années, une petite fille éclaboussant tout le monde, une jeune femme à l'arrière-plan et un homme qui surgit de l'eau, une bouée autour de la taille. Voyant ce tout petit film, ces deux petites minutes en super-8, Henri-François Imbert est alors pris d'une véritable obsession : il veut retrouver les quatre personnes au bord de la mer, à tout prix, pour leur rendre ce film qu'elles n'ont jamais vu, leur rendre un bout de leur vie.

Il va jusqu'à Bangor, en Irlande, retrouve la brocante où son amie a acheté la caméra, interroge le brocanteur, des voisins, des amis des voisins, et finit par tomber sur des gens à qui son histoire dit vaguement quelque chose. Ils acceptent de voir le film et, dès les premières secondes, ils reconnaissent les quatre sur la pellicule. « Mais c'est Mollie ! » s'exclament-ils. Mollie, c'est la femme d'une soixantaine d'années. « Ah, bien sûr, elle était plus jeune à l'époque... Ça doit bien dater d'une dizaine d'années. » Ils appellent aussitôt leur amie Mollie, qui vient avec sa fille, la jeune femme à l'arrière-plan sur la plage, et sa petite-fille, celle qui joue à éclabousser tout le monde. Et l'homme qui sort de l'eau avec une bouée autour du ventre ? « Regarde, c'est ton mari ! » dit Mollie à sa fille. Coup de téléphone au mari, qui arrive bientôt. Les voilà réunis tous les quatre, plongeant en silence dans le passé, leur passé, devant ces images floues, tremblées, surexposées. Mais il manque quelqu'un, dit alors Henri-François Imbert : celui qui tenait la caméra, ce jour-là, celui qu'on ne voit pas. Alors Mollie raconte : c'était son mari, le grand-père de la petite fille. Il a tourné ces images juste avant sa mort. Il a filmé le bonheur, deux minutes de bonheur au bord de la mer. Et il est mort, laissant la pellicule dans la caméra.

Il a fallu qu'une inconnue, qui n'avait rien à voir avec eux, avec leur vie, achète la caméra dans une brocante, l'offre à un ami, pour que ces images ressuscitent, pour que leur soient enfin rendues ces deux minutes de bonheur, captées dix ans plus tôt. Et que resurgisse l'absent, celui qui tenait la caméra. Et qui est mort.

Cette histoire, je l'avais racontée dans la chronique que j'écrivais alors, à *Télérama*. Peu de temps après, j'ai reçu une longue lettre d'un lecteur, historien de son métier, fouillant archives, bibliothèques et brocantes en quête d'indices, de traces, « du je ne sais quoi qui, à bien y réfléchir, me ramène à moi-même », comme il me l'écrivait. L'histoire de Mollie lui en rappelait une autre. Un jour, me dit-il, il tombe, dans une brocante, à Paris, sur un album de photos datant de la première moitié du siècle. Le feuilletant distraitement, il s'aperçoit que cet album raconte, chronologiquement, toute la vie d'une femme. « Cela commençait par l'enfance, continuait par le mariage, la naissance des enfants. Bizarrement, le mari disparaissait des images. À la fin, une photo, non collée, montrait cette femme sur son lit de mort. »

Comme Henri-François Imbert découvrant le film en super-8, mon correspondant n'a plus qu'une obsession : retrouver la trace de cette femme, l'identifier, coûte que coûte. Il scrute chaque photo, traque à la loupe chaque détail (maison, rue, jardin…) qui lui permettrait de mener à bien son enquête. En vain : pas le moindre nom, de lieu ni de personne, pas la moindre date. Des mois passent. Il commence à ne plus y croire. Un jour, alors qu'il s'empare de l'album, une dernière fois, par acquit de conscience, il le laisse tomber par terre. Une photo s'échappe, glisse à l'envers sur le tapis. Il la ramasse et s'aperçoit qu'elle porte une inscription qu'il n'avait jamais vue : « Livry-Gargan, le 13 avril 1953. Photo prise par maman Horvatte. »

D'un seul coup, il a un lieu, une date, un nom. Il va aussitôt à Livry-Gargan, passe devant le cimetière, décide d'y entrer, trouve la tombe de madame Horvatte, demande au gardien si, par hasard, il ne connaîtrait pas l'adresse de la maison où elle habitait. Sur ses indications, assez sommaires, il tourne dans Livry-Gargan, se perd, quand, soudain, après un carrefour, il reconnaît la maison. Celle qu'il n'a cessé de scruter, de photo en photo, dans l'album trouvé dans la brocante. Il s'arrête devant la grille, descend de voiture. Un chien aboie. Un homme ouvre la fenêtre, au premier étage. « Je crie : monsieur

Horvatte ? – Non, me répond-il, je lui ai acheté la maison. – J'ai plein de photos de votre maison. – Je descends ! Il me parle du fils de cette dame, qui vit toujours en province, très vieux. Il me dit que la maison avait été vidée par des brocanteurs, juste avant que j'achète l'album de photos… La boucle est bouclée. Je suis revenu chez moi plus léger, comme délivré. Allez savoir pourquoi… Pourquoi tout ce temps passé à la recherche d'une personne que je ne connaîtrai jamais ? Mystère… »

Oui, mystère. Un vieux bout de pellicule, un vieil album de photos, et nous voilà happés, fascinés par des gens que nous n'avons jamais vus, dont nous ne savons rien, obsédés par eux comme si notre propre vie en dépendait. Comme s'il y avait là un secret, celui de la vie, celui de la mort.

Et je pense sans cesse aux papiers trouvés sous le hangar, près de la ferme abandonnée. À ces gens qui ont vécu là. Et qui sont morts.

Écrivant ces mots, voilà que j'ai soudain envie, comme pris par une urgence, de sortir du tiroir, où je les garde précieusement, les quelques papiers qui me restent de mon père, de ma mère et de ma sœur Agnès, les morts de ma famille. À part les lettres, à part les photos, ces papiers sont tout ce qui me reste de leur vie. Presque rien, en vérité, juste quelques bouts de papier, quelques mauvaises photocopies qui témoignent de ce que fut leur vie. Et ma vie avec eux, depuis Mortain, où je suis né, jusqu'à Trans, là où sont enterrés, côte à côte, dans le petit cimetière, à la sortie du bourg, mon père, ma mère et ma sœur Agnès. Ce sont des papiers que je ne sors du tiroir que très rarement et que je lis comme on dit une prière, à voix basse, à la tombée du jour.

Commençons par une photocopie, la photocopie d'une « carte de sinistré ou évacué ». Elle a été délivrée le 1er décembre 1944 par le maire de Mortain (Manche) à destination du « chef de famille ». Voici ce que je lis : « Nom : Rémond. Prénom : Édouard. Lieu et date de naissance : 4 août 1909 à Meillac. Profession : cantonnier. Nombre de personnes à charge : 7. » En réalité, mon père s'appelle Henri. Édouard est son deuxième prénom. Les sept personnes à charge sont ma mère et mes six frères et sœurs, ceux qui sont nés à cette date. En août 44, après le débarquement, c'est à Mortain qu'a eu lieu la contre-attaque allemande lancée par la division Das Reich remontant d'Oradour. Mon père, ma mère et mes six frères et sœurs vivaient alors dans une petite maison d'une seule pièce, sans eau ni rien, au lieu dit Les Aubrils, en plein milieu d'un champ, à la lisière d'une forêt. Soit exactement entre les lignes allemandes et les lignes américaines, au milieu des tirs d'obus et des rafales de mitrailleuses. Miraculeusement, ils en sont sortis vivants. Ils ont survécu. Au bout de quelques jours d'une bataille acharnée, meurtrière, des soldats américains, surgissant de la forêt, sont venus dire à mes parents qu'ils allaient raser la ville, pour venir à bout des Allemands. Et que, par conséquent, toute la famille devait partir, là, tout de suite, immédiatement. Et mon père, ma mère et mes six frères et sœurs (Agnès, âgée de six mois, dans un landau) sont partis à pied, sous les bombardements (ma mère blessée par un éclat d'obus), vers la Bretagne, vers la ferme de ma tante, à Combourg. Ils sont arrivés en plein milieu de la moisson. Ils ont eu du mal à raconter d'où ils venaient, l'enfer qu'ils avaient fui.

Voilà ce qu'elle raconte, cette « carte de sinistré ou évacué », délivrée le 1er décembre 1944, après le retour de ma famille à Mortain. Je suis né à mon tour, en novembre 46, dans la petite maison au milieu du champ. Puis nous sommes partis, six mois plus tard, au Teilleul, à quelques kilomètres, pour habiter une baraque en bois construite par les Américains. Au Teilleul, au fil des années, la famille sera au complet : dix enfants, cinq garçons, cinq filles. Et mon père sera devenu chef cantonnier.

En voici le témoignage, le deuxième bout de papier : la photocopie d'un petit article à moitié déchiré paru dans *La Manche libre*, le journal local, en février 1948. Je le recopie, dans son intégralité : « Le Teilleul. Carnet rose. Nous apprenons la naissance au foyer de Mme et de M. Rémond, secrétaire départemental du syndicat des Conducteurs de Travaux et Agents des Routes (CFTC) et président des syndicats chrétiens du Mortainais, d'une petite Madeleine, 9e joyau d'une belle et grande famille. Compliments aux heureux parents et meilleurs vœux au bébé. »

Oui, mon père était syndicaliste. Avant guerre, petit paysan, il militait dans un syndicat agricole chrétien. Très à droite, le syndicat. Très à droite, mon père. Et très militant. C'est au cours d'une réunion syndicale qu'il a rencontré ma mère, Angèle, qui venait de Bonnemain, à quelques kilomètres de Meillac, berceau de la famille de mon père. Angèle, née en 1911 dans une famille de marchands de cochons. Quelques années après leur mariage, à la fin des années trente, ils ont quitté Meillac : mon père, que la petite ferme familiale ne pouvait pas nourrir, venait de trouver du travail en Normandie, comme ouvrier agricole. Voilà l'histoire familiale : Meillac et Bonnemain, puis la Normandie, mon père ouvrier agricole, puis cantonnier. Et toujours militant, toujours syndicaliste. Mortain. La guerre. La baraque du Teilleul, au lieu-dit Saint-Patrice, en pleine campagne, à deux kilomètres du bourg.

Le troisième bout de papier, c'est une lettre tachée, maculée, dont l'encre est à moitié décolorée et qui porte justement cet en-tête : « Saint-Patrice, le 23 septembre 1951 ». C'est une lettre adressée à ma grand-mère Anne-Marie et à ma tante Rosalie, la mère et la sœur de mon père, au retour de vacances passées chez elles, à Meillac. Une lettre retrouvée par ma sœur Madeleine dans l'armoire de la petite ferme de Meillac, voilà quelques années, après la mort de Rosalie, lorsqu'il a fallu vendre la maison. En fait, c'est une lettre faite de trois lettres écrites l'une derrière l'autre, sur la même feuille de papier, avec le même porte-plume à l'encre bleue, par mes sœurs Marie-Annick et Agnès et par mon père. Dans ces trois lettres, il est question de moi. C'est pourquoi Madeleine me les a données, il n'y a pas si longtemps, alors que j'en ignorais l'existence.

Dans sa lettre, Marie-Annick commence par annoncer qu'elle vient d'être inscrite au pensionnat des sœurs à Avranches, pour sa rentrée en sixième. Puis elle écrit : « Alain est parti chez son parrain passer 8 jours, il s'y plaît beaucoup et ne demande pas à revenir. » J'avais à peine cinq ans. Et j'allais en vacances à Mortain chez mon parrain, Raymond Le Berre, un ami que s'étaient fait mes parents aux Aubrils, dans la petite maison en plein champ. Oui, je m'y plaisais beaucoup. J'y suis allé plusieurs fois en vacances. Raymond et Simone, sa femme, n'avaient pas d'enfants. Et j'étais, pour ainsi dire, un petit peu leur enfant. Ils étaient jeunes. Ils avaient une cuisine moderne. Je me sentais bien chez eux. Sinon, j'ai le souvenir d'une ville encore à moitié en ruine, en train d'être reconstruite. Une ville fantôme, en noir et blanc. Partout, les traces de la guerre, de la bataille de Mortain.

Après la lettre de Marie-Annick vient celle d'Agnès, dont voici la principale information : « Yves est en train de jouer aux petits chevaux avec papa, car il n'a pas Alain pour jouer. » J'ai lu cette phrase, la première fois, avec infiniment d'émotion, et une espèce d'incrédulité. Au Teilleul, à Saint-Patrice, dans la baraque en bois, mes parents s'aimaient encore. Et nous étions heureux, tous ensemble, nous la famille Rémond. Mon frère jouant aux petits chevaux avec mon père, c'est une image que je veux garder tel un trésor. Quelques années plus tard, après le retour en Bretagne, après l'installation à Trans, ce sera la guerre entre mes parents, sans fin ni trêve. Et, pour moi, la perte de mon père, la perte de mon amour pour mon père. Je n'ai aucun souvenir d'avoir joué aux petits chevaux avec mon père. Aucun. Et je relis cette phrase comme un miraculé.

Après la courte (très courte) lettre d'Agnès, il y a celle de mon père, qu'il a sans doute écrite le lendemain ou le surlendemain. J'ai un peu de mal à la déchiffrer. À cause de l'écriture de mon père, tellement fine, tellement serrée. À cause, aussi, des bavures de l'encre bleue. J'arrive pourtant à lire ces quelques lignes : « Je ne travaille malheureusement toujours pas et ignore quand je pourrai reprendre. Après mon retour, j'ai vu 2 fois le docteur : rhumatismes articulaires, nouvelle série de piqûres. [...] À part ça, tout va bien. Alain est rentré hier, il était content d'avoir passé 8 jours chez son parrain et ne s'en faisait pas. » Non, je ne m'en faisais pas. En ces années-là, au Teilleul, ou chez mon parrain, à Mortain, je ne m'en faisais pas. J'étais heureux. Je crois que j'étais celui qui était toujours heureux. C'était avant la guerre à Trans. Avant l'enfer. Cette lettre de mon père à sa mère et à sa sœur, où il parle de moi, celui qui ne s'en fait pas, je la garde comme un talisman. Je n'ai jamais reçu une seule lettre de mon père. Jamais. Je n'ai que cette lettre, retrouvée dans l'armoire de Meillac. Je bénis cette lettre. Je l'embrasse.

Le bout de papier suivant, c'est la photocopie d'un article paru dans *Ouest-France*, tellement déchiré qu'il n'y a ni la date ni le titre de l'article et qu'il manque la moitié des « personnalités » conviées à l'« événement ». L'événement, c'est la remise du prix *Ouest-France* à la famille Rémond, un prix réservé aux familles nombreuses particulièrement méritantes. Nous ne sommes plus au Teilleul. Nous sommes à Trans, au bourg de Trans, entre Combourg et Le Mont-Saint-Michel. Au milieu de la prose grandiloquente du journaliste entonnant un péan à la gloire des familles nombreuses, « souvent incomprises, souvent l'objet de critiques », je relève ce passage : « S'adressant à la famille Rémond, M. Pierre Gressard [qui est M. Pierre Gressard ? aucune idée] félicita les parents de chercher à donner à leurs enfants une éducation supérieure à celle qu'ils ont eux-mêmes reçue. D'ailleurs, nombreux sont les hommes illustres issus de familles de petits fonctionnaires. Ce sont ces mérites qui sont reconnus publiquement par *Ouest-France*, dont la dotation, minime par elle-même, est un hommage concrétisé et un encouragement. »

Minime, peut-être, la « dotation », mais bienvenue dans la famille d'un « petit fonctionnaire », mon père, chef cantonnier. Où l'on vivait, disons, modestement. Très modestement. Il y a une photo, en bas de l'article. Toute la famille, avec les « personnalités ». Sur la photo, j'ai un drôle de regard, par en dessous, alors que tout le monde regarde fièrement l'objectif. Je me demande bien à quoi je pouvais penser alors. Je devais avoir sept ou huit ans. La guerre, à Trans, n'en était encore qu'à ses débuts. Mais elle était là. Tous les soirs, elle éclatait, elle reprenait. Et je m'endormais, tous les soirs, en faisant cette prière : mon Dieu, faites que mes parents s'entendent. Je n'osais même pas dire : faites qu'ils s'aiment. Juste qu'ils s'entendent. Je n'étais plus celui qui ne s'en fait pas.

Nouvel article de *Ouest-France*, quelques années plus tard. Un grand article, une grande photo et un gros titre : « Mère de dix enfants, madame Veuve Rémond, de Trans, a reçu hier le prix Nestlé 1964 ». Mon père était mort deux ans plus tôt, en août 62. Il avait cinquante-trois ans. J'avais quinze ans. Voici, pieusement recueilli par le journaliste de *Ouest-France*, le discours du président de l'Union départementale des associations familiales : « Que de difficultés à surmonter, que d'efforts à faire, que de privations à s'imposer pour arriver à un tel résultat, élever dix enfants et leur permettre d'acquérir une situation en rapport avec leurs aptitudes, surtout lorsque la situation des parents est très modeste et que des épreuves douloureuses viennent s'abattre sur le foyer. Nous devons nous incliner devant le courage de cette épouse qui a su s'oublier avec tant d'abnégation pour continuer l'œuvre entreprise dans la joie : former des hommes dignes de ce nom. »

L'abnégation et la joie : oui, absolument, l'une et l'autre. C'était ma mère, exactement. Plus d'argent à la maison, après la mort de mon père. Obligée de faire des ménages, y compris au château, chez le comte et la comtesse de La Villarmois. Et les mille francs du prix Nestlé, comme ils étaient les bienvenus. Mais dans la joie, oui. Ma mère m'a appris la joie. Même quand il y a trop de malheur. Même quand on croit qu'on n'y arrivera pas. La cérémonie de remise de ce prix-là « à madame Veuve Rémond, mère de dix enfants, médaille d'or de la famille française et titulaire d'un prix *Ouest-France* », je n'en ai aucun souvenir : je n'y étais pas. J'étais alors au Canada, passant une année de noviciat dans une congrégation religieuse, alors que je pensais avoir la « vocation ». J'étais là-bas, dans les montagnes des Laurentides, à des milliers de kilomètres. La neige venait de tomber, la première neige de l'interminable hiver canadien. Pourtant, le journaliste de *Ouest-France*, envoyé spécial à Trans, assure m'avoir vu, au milieu de mes frères et sœurs. Il avait raison : j'étais bel et bien à Trans par le cœur, par l'âme, j'y étais réellement, beaucoup plus réellement que si j'y avais été physiquement, dans mon corps. Oui, j'étais au milieu de ma famille, avec ma mère, avec mes frères et sœurs, pour recevoir avec eux, au milieu d'eux, les mille francs du prix Nestlé, qui n'étaient pas volés. Notant mon nom parmi ceux de mes frères et sœurs, persuadé de m'avoir vu, de ses yeux vu, pendant la cérémonie, l'envoyé spécial de *Ouest-France* ne s'était pas trompé. J'y étais.

Voici maintenant deux lettres officielles dont j'ai, cette fois, les originaux. Elles sont toutes les deux signées du même personnage officiel : maître Max Hanout-Levindré, notaire à Pleine-Fougères, chef-lieu de canton, près de Trans. La première lettre est datée du 25 octobre 1973. La voici : « Vente par adjudication de maison à Trans. J'ai l'avantage de vous informer que l'adjudication du 29 septembre 1973 n'a donné aucun résultat. Je vous serais reconnaissant de bien vouloir me dire si vous seriez vous-même amateur au prix de 30.000 frs. Il est bien entendu que cette acquisition serait faite à titre de licitation. J'aimerais recevoir une réponse rapide. Veuillez agréer, cher monsieur, l'assurance de mes bien dévoués sentiments. »

Ma mère était morte un an plus tôt, en août 72, d'un cancer généralisé, exactement dix ans après mon père. Elle avait soixante ans. J'en avais vingt-cinq. La maison, à Trans, au milieu du bourg, coincée entre deux maisons, celle des Voisin (oui, mes voisins s'appelaient Voisin) et celle des Blin (la boucherie Blin, avec son abattoir), était une maison de bric et de broc, aux pièces coupées et recoupées, pour faire le maximum de chambres, une maison sans eau, les premières années, avec les cabinets dans la cour, de l'autre côté de la route. Et quand on a eu l'eau, c'était uniquement l'eau froide, au robinet de l'évier, tout le monde faisant sa toilette dans une cuvette, là, dans la cuisine. Une maison, bien entendu, sans la moindre valeur, achetée une bouchée de pain par mon père en 1952, pour notre retour en Bretagne. Mais c'était notre maison à nous, la maison des Rémond, où nous avions tout vécu, le bonheur de l'enfance, la chaleur de la tribu et l'enfer de la guerre entre mes parents, l'enfer de la mort de l'amour. C'était la maison de toutes les maisons. Le refuge, le cocon, pendant les longues années de pensionnat. La maison des discussions sans fin, la maison des lectures sans fin, la maison des amis qui s'invitaient, qui s'asseyaient autour de la table et qui nous faisaient rire, avec toutes leurs histoires. Oui, la maison des rires. Mais aussi la maison des cris. Des disputes et des querelles sans fin, entre mes parents.

Cette maison-là, la maison de Trans, au carrefour, en plein bourg, où ma mère vivait seule, les dernières années, alors que nous étions tous partis, nous les enfants, nous aurions pu l'acheter, Anne et moi. En lisant la lettre de Max Hanout-Levindré, notaire à Pleine-Fougères, c'est ce que nous nous sommes dit. Anne m'a demandé : tu veux l'acheter ? J'ai dit non, tout de suite, sans réfléchir. J'ai dit que je ne pouvais pas. C'était la maison de l'enfance, la maison de la tribu, la maison de mes parents. Comment pouvais-je imaginer de l'acheter ? Il fallait la laisser à son histoire. Il fallait la laisser dans le souvenir de ce qu'elle avait été. Je ne pouvais pas la profaner, en l'achetant. Je ne pouvais pas profaner ce que nous y avions vécu, le bonheur et le malheur. Je ne pouvais pas m'imaginer montant l'escalier, ouvrant la porte de la chambre de ma mère, puis la porte de ma chambre à moi, donnant sur celle de ma mère, la chambre que j'ai eue lorsque j'avais quinze ans, ma première chambre (avant, je dormais avec mes frères), une chambre minuscule, sans fenêtre, juste la place pour un lit, mon lit, où j'ai passé des heures à lire, enfoui sous l'édredon, entendant ma mère, dans sa chambre à côté, tourner les pages du livre qu'elle lisait, jusque tard dans la nuit, et ma sœur Agnès, de l'autre côté de la cloison, dans sa chambre à elle également sans fenêtre, taper contre la cloison pour me demander si je dormais ou si je lisais encore. Comment imaginer, après un tel bonheur, presque insoutenable, acheter cette maison pour y vivre, moi, alors que ma mère était morte et que tout était mort ? Alors j'ai répondu non à Max Hanout-Levindré, notaire à Pleine-Fougères. Comme chacun de mes frères et sœurs.

Deux ans plus tard, le 11 juin 1975, j'ai reçu une nouvelle lettre de Max Hanout-Levindré. La voici : « Cher monsieur. J'ai l'avantage de vous adresser sous ce pli le compte de la succession de madame Rémond, votre mère. Si vous êtes d'accord, je vous prie de vouloir bien me le retourner d'urgence, revêtu de votre signature, précédée de la mention "lu et approuvé". À toutes fins utiles, je vous signale que, faute de réponse de votre part dans un délai de quinze jours, à compter de ce jour, je considérerai que vous êtes d'accord et procéderai au règlement. Veuillez agréer, cher monsieur, l'assurance de mes bien dévoués sentiments. »

Cher Max Hanout-Levindré, notaire à Pleine-Fougères, j'ai l'avantage de ne pas répondre à votre lettre. J'ai l'avantage de n'être d'accord sur rien. J'ai l'avantage de ne rien vouloir savoir, ni sur le compte, ni sur le règlement, ni sur quoi que ce soit. J'ai l'avantage de ne pas vouloir savoir qui a acheté la maison, notre maison, à quel prix et pour en faire quoi. La maison, la vraie maison, la seule maison, est dans mon cœur et dans mon âme. Elle y brûle, de sa présence réelle. Pour toujours. À jamais.

Les deux derniers bouts de papier que je conserve dans mon tiroir, je les ai longtemps gardés dans mon portefeuille, pliés en quatre. Mon portefeuille placé dans la poche intérieure de ma veste, du côté du cœur. À vrai dire, je suis incapable de dire pourquoi je les ai si longtemps gardés dans mon portefeuille, ces deux bouts de papier. Tout ce que je sais, c'est que je les ai rangés là quand on me les a remis. Et qu'il m'a tout simplement été impossible de les enlever de mon portefeuille. Comme si c'était au-dessus de mes forces. Ces deux bouts de papier sont datés du même jour : 2 avril 1979. Et ils portent le même en-tête : « Institut Médico-Légal, Université de Rennes, service de médecine légale ». Voici le premier : « Je soussigné docteur X, assistant des hôpitaux, certifie avoir examiné ce jour le corps de mademoiselle Rémond Agnès, admis à l'Institut Médico-Légal le 31 mars 1979 à 19 heures. Le décès a été constaté le 31-03 à 17 heures, heure de la découverte du corps. Ce jour, 20 avril 79, la mort est réelle et constante et compte tenu de la conservation du corps en chambre froide et de la température de l'eau où elle a été retrouvée, la mort peut approximativement être datée de 24 à 48 h avant la découverte du corps. »

C'est moi qui ai découvert le corps d'Agnès, avec mes frères Jean et Bernard, dans la rivière bordant le jardin de la clinique où elle était soignée. Où elle souffrait, jour et nuit, tous les jours, toutes les nuits. La veille, sa disparition avait été signalée. Le personnel de la clinique, fouillant les alentours, ne l'avait pas retrouvée et avait fini par abandonner les recherches. Alors j'avais pris le train, comme un fou, le cœur dans un étau. Jean et Bernard m'attendaient à la gare de Rennes. Nous avions suivi la rivière. Et nous l'avions vue, nous avions vu son corps pris dans les herbes, sous un pont.

Le second bout de papier est laconique. Le voici : « Note d'honoraires. Examen du corps de mademoiselle Rémond Agnès. Rédaction des certificats de constatation et de décès. Soixante francs. » Un certificat qui constate. Un certificat qui certifie qu'Agnès est morte. Agnès n'est pas morte, monsieur l'assistant des hôpitaux : elle s'est suicidée. Vous auriez pu l'écrire, vous auriez pu le constater, le certifier. Mais il y a sans doute des mots que vous ne pouviez pas écrire. Agnès n'est pas morte : elle s'est donné la mort.

J'aimerais tellement qu'on écrive, sur un certificat officiel, un certificat qui constate, qui certifie, à la naissance de chaque homme sur la terre : il s'est donné la vie. Oui, il se l'est donnée, à lui. Et rien n'est plus précieux. Rien. Absolument rien.

Tels sont donc les papiers qu'il me reste de mon père, de ma mère et de ma sœur Agnès. Tellement peu de choses, en vérité, quand je pense à tous les papiers de la ferme abandonnée, jetés sous le hangar. Presque rien. Même pas de quoi remplir un minuscule tiroir. Heureusement, il y a les lettres. Il y a les photos. Il y a, surtout, ce qui ne se voit pas, ce qui ne se lit pas, ces traces infimes qui vivent dans la mémoire, le souvenir de ce qu'ils ont été. C'est sans doute ce qu'il y a de plus précieux, ce qui reste en nous de ceux que nous avons connus et qui ne sont plus : une façon d'être, une façon de bouger, de parler, un geste familier, le timbre de la voix, des manies, des exaspérations, une manière d'être au monde, avec les autres, avec les choses, tout ce qui demeure si vif, si présent dans la mémoire, avant de s'estomper doucement. De ceux qui ne sont plus, je veux garder intactes les images qui habitent ma mémoire, le sourire, la couleur des cheveux, des yeux, les rides sur le visage, la démarche, les tournures de langage, cette gaieté dans le regard, cette lassitude dans l'abandon des bras, des mains.

Mais avec les ans, avec le long et lent passage du temps, les couleurs pâlissent, les traits sont incertains, les voix deviennent plus faibles, je dois lutter pour tout garder, tout me remémorer, je dois lutter pour ne rien oublier, rien, absolument rien, car de cette lutte dépend, j'en suis certain, l'homme que je suis, l'homme que je deviens, année après année. Nous sommes ce que nous ont laissé ceux qui nous ont aimés, que nous avons tellement aimés.

De ma mère, morte à soixante ans, je garde sa gaieté, ses yeux qui pétillaient, en nous regardant, nous ses enfants, jouer autour d'elle dans la cour, au soleil, pendant des heures et des heures de pur bonheur. Et puis son rire, ses larmes de rire, quand, autour de la table de la cuisine, le soir, avec les amis qui s'invitaient, ceux de mes frères et sœurs aînés, tout le monde faisait assaut de bons mots, de blagues, d'histoires, ah, ma mère qui riait aux éclats, qui s'essuyait les yeux, mon Dieu, comment pourrais-je l'oublier ? Mais aussi ce geste qu'elle avait, sa main contre sa joue, quand elle était soucieuse, quand elle se demandait comment elle allait y arriver, comment, cette fois encore, elle allait finir le mois et qu'il fallait, pour la rentrée, nous acheter une chemise ou un pantalon. Elle avait aussi ce geste, sa main contre sa joue, quand je la sentais traversée de lourds soucis, qui n'avaient pas forcément à voir avec l'argent, mais avec sa vie à elle. Avec sa vie de femme.

De mon père, ce que je garde entre tout c'est le sourire, ce sourire d'homme bon, au milieu du désastre que fut sa vie avec nous, ma vie avec lui, incapable de l'aimer comme j'aurais voulu l'aimer, comme, j'en suis sûr, lui m'a aimé. Ce sourire m'accompagne jour après jour, il est mon viatique, il me dit que rien n'a été irrémédiablement perdu et que rien ne le sera jamais. Malgré la guerre entre mes parents, malgré l'effroyable désastre, il y a, pour toujours, le sourire de mon père couché dans son lit, quelques jours avant de mourir, nous disant à chacun d'entre nous, ses enfants, combien il nous aimait, me disant, à moi, combien il m'aimait. Oh, un si pâle sourire, aux portes de la mort. Un si pur sourire.

De ma sœur Agnès, je vois les yeux grands ouverts sous ses sourcils levés, tout son visage tendu vers une question sans réponse, où il y avait sa vie entière : dis, pourquoi ? Dis-moi pourquoi je n'y arrive pas, j'ai tellement envie d'être heureuse, j'ai tellement envie de rendre tout le monde heureux, s'il te plaît, dis-moi pourquoi c'est impossible. Agnès était la vie même, ses amis l'adoraient, elle les invitait à la maison, elle était une boule de bonheur qui irradiait tout autour d'elle. Mais un désespoir sans nom la terrassait soudain, le vide se faisait en elle, il n'y avait plus dans ses yeux que peur, angoisse, terreur, tout s'échappait, tout se brisait. Et son visage, à la clinique, n'était plus qu'une question : pourquoi ? Dis, pourquoi ? Jusqu'à ce jour où, posant son parapluie ouvert sur la rive, elle est allée se noyer dans la rivière, juste derrière la clinique. Ses yeux grands ouverts, jamais je ne les oublierai : ils sont mon remords de n'avoir pu répondre à sa question.

Par un curieux hasard, je me suis lancé dans l'écriture de ce livre, hanté par les papiers sous le hangar, près de la ferme abandonnée, tous ces précieux papiers jetés au vent, piétinés, profanés, au moment même où je venais d'entreprendre un grand rangement de mes papiers à moi. Parce qu'il faut bien le dire : nous croulons sous les papiers, nous sommes envahis par les papiers, nous sommes ensevelis sous des montagnes de papiers. Je n'ai presque rien de mon père, de ma mère, de ma sœur. Mais je ne cesse d'accumuler, comme tout le monde, des papiers de toute sorte, officiels, administratifs, qui ne cessent de nous demander ceci et cela, de nous rappeler ceci et cela, de nous assigner à ceci et à cela. Nous passons nos vies à recevoir, à ranger, à trier, à jeter des papiers. J'avoue que je ne suis pas très doué ni pour trier ni pour jeter. J'accumule. Je range (plus ou moins) dans des dossiers. Je classe (plus ou moins) dans des classeurs. En espérant que les papiers finiront par se faire oublier.

Mais vient pourtant un jour où ce n'est plus possible. Parce que sinon on va finir asphyxiés, littéralement, par les papiers. C'est précisément là où j'en suis. J'ai ouvert mes tiroirs, j'ai ouvert mes dossiers, j'ai ouvert mes classeurs. Et je me suis mis à trier. Pour trier, il faut commencer par lire, afin de savoir ce qu'il faut garder ou non. Et quand on relit cette somme de papiers, forcément, c'est toute notre vie qui défile, toute notre vie qui se raconte. Les relevés de banque, les talons de chèques, les factures de meubles, les bulletins de salaire, les attestations d'assurance, de chômage, les quittances de loyer (du temps où on était locataires), les relevés de charges (depuis qu'on est propriétaires), les garanties d'appareils, les ordonnances médicales, les résultats d'analyses, les comptes rendus d'examens médicaux, les décomptes de la Sécurité sociale, de la mutuelle, les factures d'électricité, de téléphone, d'Internet, les prêts immobiliers, les révisions de la voiture, les papiers de notaire, actes de vente, actes de famille, les relevés de droits d'auteur, les déclarations de revenus, les avis d'imposition, les conventions de ceci ou de cela… On regarde les dates, on cherche à quoi ça correspond, on se rappelle l'âge qu'on avait, ce qu'on faisait alors. C'est tout le passé qui vous saute à la figure, toute votre vie qui se déroule, la vôtre, celle de votre femme, celle de vos enfants. Il faut déchiffrer, décrypter, interpréter, reconstituer.

Un talon de chèque, par exemple, qui porte une somme, une date et une vague indication : « table ». C'était quelle table, exactement ? Pourquoi l'a-t-on achetée ? À quoi ressemblait-elle ? Qu'est-ce qu'on en a fait ? Qu'est-ce qu'elle est devenue ? Surgissent des images de fêtes, autour de cette table. Des repas d'anniversaire. Des retrouvailles entre amis. Et les années qui passent. Les enfants qui grandissent. Et nous qui vieillissons. On rêve sur les sommes, sur les chiffres, en francs puis en euros, on essaie d'évaluer à quoi ça correspond, par rapport à aujourd'hui, ce qu'on a gagné, ce qu'on a perdu.

Et puis, surtout : que devons-nous faire de tous ces papiers ? Que faut-il jeter ? Que faut-il garder ? À quoi ça sert, finalement ? Qu'est-ce qui peut nous arriver si on en garde trop ou pas assez ? Qu'est-ce qu'on risque ? Toute notre vie dans des milliers de papiers. Et débrouille-toi avec ça.

Heureusement, j'ai un petit livre, une espèce de manuel pratique, qui s'appelle, justement : *Combien de temps garder ses papiers*. Avec ce sous-titre : *Faut-il les archiver ou les jeter ?* Dans ma grande tâche de grand rangement de tous mes papiers, ce petit livre a été ma bible, pour ainsi dire ma bouée de sauvetage. C'est bien simple : il dit tout ce qu'il faut faire de ses papiers. Combien de temps il faut les garder. Les factures de gaz et d'électricité : à garder cinq ans. Les factures d'eau : à garder deux ou quatre ans (pourquoi ? mystère…). Les factures de téléphone : à garder un an. Les factures d'entretien et de réparation de la voiture : à garder cinq ans. Les relevés de comptes et les talons de chèques : à garder cinq ans. Les déclarations de revenus et les avis d'imposition : à garder quatre ans. Les impôts locaux : à garder deux ans. Les fiches de paie : à garder à vie. À vie ! Comme les pièces du dossier médical. Tout le reste : c'est comme pour les aliments, il y a des dates de péremption. Alors que les bulletins de salaire et le dossier médical : pas de date de péremption, sauf la mort. Finalement, voilà ce qui reste, jusqu'au bout : le travail, la santé.

Mais l'amour, le bonheur, le plaisir de lire dans le jardin, à l'ombre d'un grand arbre, de regarder la mer, de voir jouer les enfants, de manger avec les amis, de se taire au milieu du silence, d'écouter les oiseaux, ou bien les peurs, les angoisses, le sentiment d'échec, de perte, ou au contraire cette impression de paix, soudain, qui donne la force de croire en soi, qui réconcilie avec le monde : il n'y a pas de papiers pour ça, on ne sait pas combien de temps ça va durer, combien de temps c'est valable. Ou alors c'est écrit dans les autres papiers, les papiers officiels, d'une façon subliminale, à l'encre sympathique. Des traces, des restes. Des rêves et des souvenirs.

C'est étonnant, finalement, ce petit livre qui dit qu'il faut conserver tel papier pendant deux ans, tel autre pendant cinq ans, tel autre encore toute la vie. Je suis bien obligé de le croire, de lui faire une confiance aveugle, même si je ne comprends pas toujours sa logique, qui est celle de recours possibles, de contestations, de réclamations. La vie est commandée par des papiers dont l'utilisation est pleine de pièges, d'embûches. Si tu perds tel papier, tu peux tout perdre. Parce que, justement, il ne fallait surtout pas perdre celui-là. Le monde est rempli de gens qui font des papiers et les envoient à d'autres gens qui se demandent quoi en faire et tremblent à l'idée de les perdre. Debout sur ces montagnes de papiers, on pourrait aller jusqu'au ciel, on pourrait toucher la Lune.

Aujourd'hui, après ma grande opération de nettoyage, je respire un peu mieux. J'ai jeté des milliers de papiers, je les ai déchirés, déchiquetés, réduits en poussière de papier. J'ai comme un sentiment de liberté. J'ai jeté du lest, je voyage plus léger. En même temps, j'ai l'impression de m'être amputé d'une partie de mon passé. Ai-je vraiment bien fait de jeter tous ces relevés, tous ces avis, toutes ces attestations, qui sont comme des relevés de ma vie, des avis sur ma vie, des attestations de ma vie ? J'aime les traces, même infimes, de ce que j'ai vécu, de ce que mes proches ont vécu. Mais je garde trop. J'entasse trop. Alors, oui, un grand coup de balai, fenêtres ouvertes. Ma vie n'est pas dans les papiers.

Ou alors dans d'autres papiers, qui ne sont pas ceux de la banque, des impôts, de l'administration. Des papiers que j'ai écrits, moi. De moi-même à moi-même. J'écris depuis longtemps, depuis toujours. Disons depuis l'adolescence, comme tout le monde. Des notes, des réflexions, des idées de livres, des bouts de poèmes, des phrases jetées comme ça, un soir, sans trop savoir pourquoi. Mais qu'il fallait absolument écrire. Ce sont de vieux, très vieux papiers. Sans doute ne serviront-ils jamais à rien. Mais comment le savoir ? Comment en être sûr ? Alors je les garde. Ils attestent de ce que j'ai été. De ce que j'ai lu, vu, pensé, aimé, détesté, ressenti, rêvé, imaginé. Comme dit la formule officielle : pour valoir ce que de droit. J'ai été cet homme-là. Je ne jette rien. Je garde tout.

Je me souviens, comme si je venais tout juste de les écrire, de ces phrases jetées sur une feuille de papier, un soir, il y a si longtemps, je ne sais même plus quand, des dizaines d'années sans doute, alors que me taraudait l'urgence d'écrire sur mon enfance, sur ma famille, sur mon père dont le retour à la maison, chaque soir, déclenchait la guerre. Voici ce que disaient ces phrases : « Alors c'était le soir et nous savions qu'il allait rentrer. Le silence, autour de la table. Un rire nerveux. Le bruit de sa mobylette. Et l'orage dans ma tête. Il était ivre. Ou faisait semblant. Bousculait une chaise, s'asseyait, demandait sa soupe. Et tout recommençait. » Des dizaines d'années plus tard, j'ai écrit *Chaque jour est un adieu* à partir de ces seules phrases, que je me répétais sans cesse, que je connaissais par cœur, à force, après les avoir jetées sur le papier comme on jette une bouteille à la mer. Des phrases que j'avais été obligé d'écrire, qu'il m'était impossible de garder pour moi, en moi. Et qui m'obsédaient. J'étais incapable d'imaginer ce qu'il y aurait avant et ce qu'il y aurait après, si jamais il y avait un livre. Je savais juste qu'elles seraient au cœur du livre, au tournant exact du livre, là où le récit du bonheur basculerait dans celui du malheur.

Mais j'avais trop peur d'écrire ce livre, j'en étais incapable, j'étais déjà effrayé d'avoir écrit ces quelques phrases, un soir, autour de mes vingt ans, comme l'irruption d'une scène qui m'obsédait, dont j'avais honte, parce qu'un enfant, pensais-je, n'aurait jamais dû la vivre. Parlant ainsi de mon père, j'avais l'impression de commettre un sacrilège, d'enfreindre un interdit : on ne parle pas ainsi de son père, on n'écrit pas ce genre de choses sur son père. Et je m'en suis tellement voulu, plus tard, beaucoup plus tard, quand j'ai finalement pu écrire *Chaque jour est un adieu*, quand le livre a été publié, quand des lecteurs l'ont lu, d'avoir ainsi parlé de mon père. Mais c'est pourtant d'avoir écrit ces phrases, et toutes les pages qui parlent de mon père, qui m'a permis de faire la paix avec lui, d'être en paix avec lui, d'avoir enfin la certitude qu'il m'aimait. Et de pouvoir lui dire que je l'aimais.

Voilà pourquoi je garde tous les papiers où j'ai griffonné quelques mots, quelques phrases. Voilà pourquoi je suis incapable de les jeter. Je n'aurais jamais pu écrire *Chaque jour est un adieu* si j'avais jeté cette feuille de papier, si je m'étais dit, un jour, qu'il était temps de faire le ménage, de trier, de classer, de jeter. Ces papiers-là, il ne faut pas les garder deux ans, ou quatre ans, comme les papiers de la banque ou des assurances. Il faut les garder à vie. À vie. Car même si je ne les relis jamais, ou presque jamais, je sais qu'ils sont là, je sais qu'ils font partie de moi, je sais, d'une absolue certitude, qu'ils m'aident à vivre et à comprendre ce que je vis. Les jeter, ce serait comme m'amputer. Ce serait comme me condamner à mort. Les mots font vivre, même si on ne sait pas bien comment. Les mots écrits au fil des ans, depuis mon adolescence, jetés dans la fièvre, dans l'urgence, puis oubliés dans un tiroir, je sais qu'ils ne cessent de voyager en moi, de me faire advenir à moi-même. Ils sont le sismographe de ma vie. Sans que je sache comment, secrètement, mystérieusement, ils sont à l'origine de chacun de mes livres. Et donc de ma vie d'homme. On n'écrit pas impunément.

Les papiers, c'est la vie. Sans papiers, on ne vit pas. On n'est rien. On n'existe pas. Telle est la vérité, la terrible vérité pour ceux qui n'en ont pas. Ou qui n'ont pas les bons. Je parle, bien entendu, des papiers qui disent qui vous êtes, comment vous vous appelez, où et quand vous êtes né. Je parle des papiers d'identité, ceux qui certifient, attestent, officiellement, que vous êtes bel et bien quelqu'un, que vous avez bel et bien une identité. Sans papiers : pas d'identité. Pas d'existence légale. On n'est rien sans papiers. Juste un chien, qui rase les murs en essayant de se faire oublier. Je ne suis rien, je ne suis personne, je ne suis là pour personne, oubliez-moi, vous ne m'avez même pas vu.

Quand on perd ses papiers, on est tout nu. On n'a plus rien qui certifie qu'on est celui qu'on prétend être. Pas de tampon officiel, pas de signature officielle. Aucune preuve de sa propre existence. Alors on tremble, on se dépêche d'aller au commissariat, de déclarer la perte ou le vol de ses papiers, pour qu'il y ait à nouveau un tampon officiel, une signature officielle, qui certifie que, si vous n'avez plus de papiers, vous en avez bel et bien eu avant, des papiers authentiques, des papiers officiels, et que ce récépissé en fait foi. En attendant de retrouver de vrais papiers, vous serrez précieusement dans votre portefeuille cette déclaration de perte ou de vol, ce récépissé qui atteste de votre identité, qui vous fait échapper au trou noir de la non-existence, de l'absence d'existence. Mais on sait bien que ce n'est qu'un mauvais moment à passer, qu'il suffit de vivre quelques semaines en apnée, sans rien craindre pour soi, pour sa vie, parce qu'on a la certitude que bientôt, sous peu, très vite, tout rentrera dans l'ordre.

Alors que pour les autres, ceux qu'on appelle justement les sans-papiers, ce n'est en rien un mauvais moment à passer : c'est la vie elle-même qui est un mauvais moment à passer. Sans papiers, c'est comme si on n'avait pas le droit à l'existence, comme si on n'avait pas le droit de vivre. À tout moment, un représentant de l'autorité, celle qui juge qui a le droit ou non d'avoir des papiers, peut vous renvoyer à votre non-existence, vous certifier que vous n'êtes pas fondé à vivre, puisque, à ses yeux, vous n'avez pas d'identité, vous n'êtes personne, vous n'existez tout simplement pas. Quand on n'a pas de papiers, quand on est sans papiers, on vit sa vie dans l'attente, dans l'espoir d'obtenir ces papiers qui attestent de votre identité, et donc de votre droit à l'existence. Ou alors on sait qu'on ne les obtiendra jamais, que c'est peine perdue, qu'on n'est pas digne de les avoir, pour une raison ou pour une autre, parce qu'on ne peut prouver ceci ou cela, attester ceci ou cela, certifier ceci ou cela. Et donc on se condamne à vivre en clandestin de la vie, dans la soute, en boat people de sa propre existence, priant le ciel de ne jamais être contrôlé, de n'avoir jamais à répondre de son identité, de son existence.

À force de vivre ainsi en clandestin, sans aucune preuve officielle de sa propre identité, on finit par ne plus croire en sa propre existence, par douter d'être un humain, un être vivant. On passe comme une ombre, on n'a le droit à rien, on n'a même pas le droit de dire qui on est, comment on s'appelle, puisque l'autorité, celle qui délivre les tampons officiels, les certificats, les attestations, vous dénie le droit de le dire. On est assigné à la non-résidence en soi-même, à la non-existence. Ou alors il faut avoir une confiance en soi qui défie l'autorité et les tampons officiels, une certitude d'être soi, d'avoir une identité propre, irréductible, indestructible, quand tout, partout, veut vous persuader que vous n'êtes rien, un chien qui court le long des murs pour se faire oublier. J'ai un tel respect pour ces hommes-là, pour ces femmes-là, qui se tiennent debout malgré tout, contre tout. Qui n'ont pas de papiers pour prouver leur identité mais qui, jour après jour, apprennent à d'autres qui en ont ce que c'est que d'être un homme, d'être une femme, envers et contre tout.

C'est tout de même un pouvoir exorbitant de définir l'identité de quelqu'un par des papiers, de décider qui il est, intimement, irréductiblement, par des papiers tamponnés. Comme si on n'était que ce que disent les papiers d'identité, année de naissance, lieu de naissance, taille, couleur des yeux, signes particuliers. Comme si on n'avait que cela comme identité. Comme si être soi, avec sa vie, ses rêves, ses espoirs, ses amours, ses souvenirs, ce n'était rien sans les papiers certifiant votre identité. Ceux qui en ont les conservent précieusement, vérifient sans cesse qu'ils les ont bien, font attention à ne pas les perdre, à ne pas se les faire voler, tellement leur vie en dépend pour n'importe quelle démarche, n'importe quel contrôle. Ceux qui n'en ont pas n'ont qu'une vie de seconde zone, puisque rien ne dit qui ils sont. Est-ce vraiment cela, l'identité ? Ne suis-je qu'un être de papier défini par des papiers ?

Voilà ce que je me dis quand je vois tous ces gens, dans mon quartier, qui est, comme on dit, un quartier d'immigration, à qui on réclame sans cesse des papiers. Tous ces jeunes basanés, comme on dit, à qui on demande, plusieurs fois par jour, de prouver leur identité en montrant leurs papiers d'identité. Tous ces jeunes à qui, plusieurs fois par jour, on demande qui ils sont et s'ils ont la preuve de leur identité, simplement parce qu'ils ont une autre couleur de peau, parce qu'ils sont a priori suspects d'avoir une fausse identité. Ou de n'en avoir aucune, et donc de ne pas exister. Comment peut-on supporter cela, de se voir sans cesse demander qui on est, comment ne pas finir par douter de sa propre identité quand, sans cesse, on vous demande de la prouver, de la justifier ? Et on leur reproche de ne pas aimer assez la France, celle qui délivre les papiers d'identité, celle qui certifie, qui atteste, qui tamponne et qui, sans cesse, met en doute leur identité de vrais Français… Contrôle d'identité, vos papiers, s'il vous plaît. Contrôle. D'identité. Tu crois avoir une identité, mais on va la contrôler, plusieurs fois par jour, pour être sûr que tu ne l'usurpes pas. On va t'obliger à prouver que tu as bien une identité, que tu es bien celui que tu prétends être, en t'obligeant à montrer les papiers qui l'attestent. Ta vie entière est résumée dans ces papiers d'identité, tu n'as pas d'autre identité que celle-là. Et on te prouve, chaque jour, plusieurs fois par jour, qu'on en doute, en te sommant de la prouver.

Je vois bien la course sans fin des immigrés de mon quartier à tous les papiers qui manquent, à la Sécurité sociale, aux Allocations familiales, à Pôle Emploi, à l'hôpital. Toujours il manque un papier, pour obtenir ce que l'on demande, ce dont on a besoin. D'une main tremblante, ils sortent des dossiers d'un sac en plastique, avec tous leurs papiers, tous ceux qu'ils ont pu obtenir. Mais il en manque toujours un, il faudra revenir, désolé, on ne peut rien faire pour vous, revenez avec le bon papier. Ils font la queue pendant des heures et des heures à un autre guichet pour obtenir le bon papier, celui qui manque, en espérant qu'ils pourront l'obtenir. Mais pour l'obtenir, il faut un autre papier que, justement, ils n'ont pas. Quel papier ? Impossible de le savoir. De toute façon, c'est le genre de renseignement qu'on ne donne ni par téléphone ni par mail. Alors il faut refaire la queue, pour avoir le droit de poser sa question. À la préfecture de Bobigny, par exemple, on fait la queue pendant huit heures. Juste pour pouvoir demander quel papier manque pour obtenir le papier qui permettra de déposer un dossier pour obtenir des papiers. C'est une course infernale, une course sans fin, d'un guichet à l'autre, d'un papier à l'autre, d'un tampon à l'autre. Quel courage, quelle patience, me dis-je en les voyant, jamais je n'en serais capable, jamais.

Mais le pire, c'est ce qu'on entend parfois à la radio, ce qu'on lit parfois dans les journaux : un jeune homme qui a préféré se jeter dans la Seine plutôt que de se soumettre à un contrôle d'identité. Il s'est noyé. Il est mort. Préférer risquer sa vie plutôt que d'accepter, une fois de plus, de justifier de son identité, de prouver son existence légale. Choisir la mort plutôt que de devoir prouver qu'on est bien quelqu'un, qu'on a le droit d'être quelqu'un. Qu'on est un homme vivant. Mon identité, c'est d'être mort. Voilà. Vous pouvez garder mes papiers d'identité, vous pouvez désormais les contrôler tous les jours, plusieurs fois par jour, autant de fois que ça vous chante. Vous pouvez sans problème vous assurer de mon identité, interroger tous les ordinateurs, tous les fichiers du monde entier, qui vous certifieront que telle est bien mon identité. C'est l'identité d'un mort. De quelqu'un qui en a eu assez de devoir, comme on dit, décliner son identité, encore et encore. Jusqu'à ce que mort s'ensuive.

De toute façon, bientôt, dans un avenir très proche, nous n'aurons plus besoin de papiers. Ni papiers d'identité, ni relevés de banque, ni factures de gaz ou d'électricité ou de téléphone ou d'Internet, ni attestations de ceci ou de cela : tout sera immatériel. Tout sera stocké dans la mémoire d'ordinateurs, conservé ad vitam aeternam, trié, rangé, classé. Pour tout savoir sur nous-mêmes, nous n'aurons plus besoin d'ouvrir des tiroirs, de chercher dans des dossiers, de compulser des liasses de papiers : un clic suffira. Nous n'aurons plus besoin de nous demander combien de temps il faut garder nos papiers, deux ans, cinq ans, dix ans, nous n'aurons plus besoin de trier, de classer, de jeter. Notre vie entière sera devenue immatérielle, archivée par des machines, classée par des machines, triée par des machines. Surtout, un cerveau central, quelque part, où que ce soit, saura tout de nous, saura tout de nos vies. Tout ce que nous accumulons, tout au long de nos vies, désormais archivé, trié, classé, sera accessible à ce cerveau central, qui en fera ce qu'il voudra. Il pourra relier, connecter, mettre en rapport telle information avec telle autre, telle dépense avec telle autre, tel événement avec tel autre. Nos goûts, nos envies, nos habitudes seront passés au scanner de ce cerveau central, nous serons entièrement transparents, de la naissance jusqu'à la mort. On saura tout de nous, on saura tout de nos vies. Partout où nous irons, pour tout ce que nous ferons, nous serons immédiatement, parfaitement et constamment identifiés. Plus besoin de contrôles d'identité : notre identité sera vérifiée en direct, en permanence. Et celle de nos proches. Et celle de nos amis. Et celle des relations de nos relations. Que de soucis en moins, que de tracas en moins ! Plus besoin de s'occuper de tout cela, plus besoin de se demander que faire de ses papiers, plus de raison d'avoir peur de perdre ses papiers d'identité, de se faire contrôler. Le cerveau central s'occupera de tout. On sera tout nus, tout le temps. Scannés en permanence. Totalement transparents. Et on dira merci.

Avant que ce jour arrive (il approche à grands pas), je veux mettre au secret tous mes papiers secrets, je veux les mettre hors d'atteinte, à jamais. Déjà, on ne s'écrit plus. On s'envoie des mails, des SMS, qu'on jette, d'un clic, dans la corbeille (autant dire à la poubelle). Directement dans la poubelle : une poubelle bien propre, totalement virtuelle, qui fait du geste de jeter un geste sans conséquence, lui aussi immatériel. Tout s'en va gentiment dans le néant, un néant virtuel. Clic. C'est fini. Plus de mails, plus de SMS. Plus rien. C'est propre. C'est silencieux. C'est comme si on n'avait rien jeté. Alors que jeter des lettres dans la corbeille à papier, les froisser, les déchirer, c'est un geste physique, un geste qui fait du bruit, un geste qui engage. J'ai été obligé d'en jeter beaucoup, des lettres. Et je continue à en jeter. Parce qu'on ne peut pas tout garder, c'est tout simplement impossible. Ou alors il faut accepter d'être cerné, entouré de caisses de lettres, du sol au plafond, comme d'un mur, comme d'un rempart.

Je sais de quoi je parle : j'ai essayé de tout garder. J'ai cru que je pouvais le faire, que je devais même le faire, parce que j'avais le sentiment que ces lettres-là, celles que m'envoient des lecteurs, continuaient à me parler, rangées dans leurs caisses. J'avais l'impression de les entendre, de poursuivre avec ceux qui les avaient écrites comme une conversation ininterrompue. Mais à un moment donné il faut bien admettre que c'est impossible, qu'on ne peut pas toutes les garder. Alors, au moment de les jeter, après les avoir froissées, déchirées, je leur demande pardon. Je sais, c'est ridicule, mais je me dis que c'est la moindre des choses. Tous ces gens qui ont pris la peine de m'écrire, qui ont pris de leur temps pour m'écrire, qui ont eu envie, besoin de m'écrire, comment ne pas leur demander pardon, si je dois jeter leurs lettres ?

Je m'empresse d'ajouter que je ne les jette pas toutes. Au contraire. J'en garde même beaucoup. Beaucoup. À commencer, bien sûr, par les lettres de ma mère, celles de mes frères et sœurs, celles d'Anne, celles de mes enfants. Ces lettres-là sont sacrées. Jamais je ne m'en séparerai. Jamais.

De mon père, je l'ai dit, je n'ai jamais reçu une seule lettre. C'est pourquoi je garde comme un trésor celle que m'a donnée ma sœur Madeleine, trouvée dans l'armoire de ma tante Rosalie, cette lettre faite de trois lettres dont j'ai déjà parlé. Surtout, je garde précieusement, dans une grosse enveloppe de papier kraft, toutes les lettres envoyées par mon père à ses parents et à sa sœur Rosalie quand, jeune homme d'à peine vingt ans, il faisait son service militaire au Maroc, à Oujda puis à Taza, en 1930 et 1931. Tous les jours ou presque il écrivait une lettre, tellement il se sentait seul, lui, le petit paysan de Meillac qui n'avait jamais quitté sa Bretagne. Elles sont écrites à l'encre violette et j'imagine mon père, à la caserne, le soir, trempant son porte-plume dans la bouteille d'encre violette, pour dire à ses parents et à sa sœur combien ils lui manquent, combien il a hâte de rentrer au pays, à Meillac, s'occuper des foins, des blés, des pommes pour faire le cidre. Ces lettres, j'en suis pour l'instant le dépositaire familial. Je les garde précieusement, pour mes frères et sœurs. De temps en temps, j'ouvre la grosse enveloppe et j'en lis une, au hasard. J'entends la voix de mon père, comme une conversation à voix basse, le soir, sous la lampe. Et j'oublie les cris quand il rentrait à la maison, à Trans. J'ai besoin d'entendre la voix de mon père parlant doucement à mon grand-père, à ma grand-mère, à ma tante Rosalie, le soir, à Oujda, à Taza, au Maroc. C'est comme si j'étais là, tout près de lui. Avant les cris, avant la guerre.

Je me demande si ce n'est pas mon amour sacré pour les lettres, pour l'écriture des lettres, pour l'encre violette des lettres de mon père, qui m'empêche d'écrire directement à l'ordinateur. Tous les jours ou presque j'écris des articles. Et je passe beaucoup de temps dans ma vie, comme en ce moment, à écrire des livres. Tous mes amis (pratiquement tous mes amis) tapent directement sur leur clavier d'ordinateur. J'en suis incapable. Ce n'est pas seulement que j'aime écrire, former des lettres, des mots, remplir de mon écriture une page blanche. C'est tout simplement que, si je n'écris pas à la main, les mots, les phrases ne viennent pas. J'ai besoin du geste physique de l'écriture, la main qui court sur la page blanche. J'ai la conviction que les mots, les phrases ne peuvent venir qu'ainsi, par le geste physique de l'écriture, directement de mon esprit, de mon âme à mon bras, à ma main, les mots, les phrases prenant forme par le mouvement du bras, de la main. J'adore, après, tout saisir à l'ordinateur, j'ai l'impression, en voyant mes mots, mes phrases apparaître au fur et à mesure sur l'écran, de comprendre ce que j'ai écrit à la main. L'écran donne la distance, il permet (dans l'idéal…) de juger ce qu'on a écrit, d'être sans pitié, sans complaisance, d'éliminer tout ce qui ne va pas, tout ce qui chante faux. Mais c'est après. D'abord il y a l'impulsion, le geste de la main, le geste de l'écriture. Il y a le bonheur de voir se noircir une feuille blanche de mon écriture pratiquement illisible, à tel point que parfois, me relisant, j'ai du mal à me déchiffrer.

Telle est ma vie, ainsi va ma vie, s'écrivant, se déchiffrant sur une feuille de papier. Et les feuilles de papier s'accumulent, par centaines, par milliers, comme autant de preuves de ma vie, de mon identité. Une fois le livre écrit, terminé, publié, je pourrais les jeter à la corbeille à papier, toutes ces feuilles de papier. Elles ne servent plus à rien. Ce qui existe, c'est le livre, à qui je souhaite bonne chance, avec un petit pincement au cœur à l'idée, à la simple idée que, si ça se trouve, personne ou presque ne le lira. Mais les feuilles de papier réunies dans une grosse chemise fermée avec des élastiques, sur laquelle j'ai écrit le titre du livre, à quoi me servent-elles ? À rien. Alors, pourquoi les garder ? Pourquoi entasser toutes ces feuilles de papier réunies dans de grosses chemises fermées avec des élastiques ? Je ne les ouvre jamais, ces chemises. Et pourtant je ne peux pas les jeter, j'en suis tout simplement incapable. Autant je n'ai aucun problème pour jeter, d'un clic, dans la petite corbeille de mon écran les textes saisis sur mon ordinateur, une fois le livre écrit, terminé, publié, juste un petit clic, direction la corbeille, autant je suis physiquement incapable de jeter dans la corbeille à papier toutes les feuilles réunies dans les chemises fermées par des élastiques. Je ne peux pas envisager une seule seconde de les jeter, de m'en débarrasser, alors qu'elles encombrent mes tiroirs, mes étagères, et que j'ai un besoin urgent de faire de la place.

Tous ces mots écrits à la main, toutes ces feuilles noircies de mon écriture, c'est comme mon propre sang. J'aurais l'impression de me mutiler. J'aurais l'impression de commettre un crime. J'aurais l'impression de commettre un sacrilège. Alors que tout ce qui est stocké dans la mémoire de mon ordinateur, clic, je jette, c'est comme si ça n'existait pas, comme si ce n'était pas ma vie, mon sang. Je me dis que je dois être l'un des derniers à écrire encore à la main, à entasser encore des feuilles et des feuilles de papier noircies de mon écriture dans des chemises fermées avec des élastiques, à garder la trace physique, matérielle, de tout ce que j'écris. Bien sûr, l'ordinateur est un outil magique. Mais écrire à la main, noircir des dizaines, des centaines de feuilles de papier, c'est un bonheur physique, sensuel, dont jamais, je crois, je ne pourrai me passer. Je laisse des traces. Et ces traces sont vivantes. Rien que l'idée d'ouvrir une chemise, de faire claquer les élastiques, de glisser la main au milieu des feuilles, c'est comme sentir palpiter le cœur d'un oiseau. C'est ma vie, tellement précieuse, comme toutes les vies.

C'est à cela que servent les mots, à cela que sert l'écriture : rendre justice à toutes nos vies précieuses, ne rien oublier, jamais. Garder les traces, comme des braises que l'on peut réveiller d'un souffle. Écrivant sur mes parents, dans *Chaque jour est un adieu*, écrivant sur ma sœur Agnès, j'ai senti battre leur cœur, j'ai senti palpiter leur vie. Les mots servent à redonner vie, à célébrer la vie, les vies, pour ne rien oublier, jamais. Enfant de chœur à l'église de Trans, je chantais les litanies des saints, les interminables litanies des saints. Nous les chantions tous ensemble, en procession, pendant les rogations, dans les champs, à la campagne, au printemps, pour appeler la pluie sur les cultures, invoquant les noms des saints en leur demandant de prier pour nous. C'était une litanie interminable, où l'on énumérait tous les saints, l'un après l'autre, en latin (« *Sancte Iohannes, ora pro nobis… Sancta Agatha, ora pro nobis* »), dans la campagne, au petit matin, avant d'aller à l'école.

J'avais hâte que ça se termine, tellement c'était long, tellement il y avait de saints à invoquer, à implorer, mais en même temps j'aimais tous ces noms jetés au milieu des champs, le long des talus, dans les chemins creux, comme des graines que l'on sème à la volée. J'aimais prononcer les noms de tous ces saints, l'un après l'autre, en latin, j'imaginais leur vie, en des temps lointains, je me disais qu'on leur redonnait vie, qu'on les ressuscitait en psalmodiant leurs noms, tandis qu'on appelait la pluie.

Écrire sur mes parents, écrire sur ma sœur Agnès, c'est ma litanie des saints à moi, c'est ressusciter des visages, des paroles, des secrets, c'est ressusciter des vies disparues. Comme j'aurais voulu ressusciter les vies disparues sous le hangar, près de la ferme abandonnée, alors que tombait cette pluie de fin du monde, quand j'ai ramassé les papiers de famille de ces inconnus, toute leur vie dispersée, jetée aux quatre vents, livrée aux passants. Je me dis que cela fait des années que la ferme est abandonnée, que la famille a disparu. Les dates sur les papiers remontent aux années trente, aux années quarante. Plus personne, si ça se trouve, ne sait qui était cette famille, sa mémoire est enfouie sous ce hangar, au milieu des vieilles machines agricoles, des vieux meubles, des vieux outils. Je ne sais rien de ceux qui vivaient là, je ne sais rien de leur histoire, je ne sais pas ce qui s'est passé pour que tous les papiers se retrouvent éparpillés sous le hangar. Je ne me sens même pas le droit de recopier leurs noms, les noms que j'ai lus sur les papiers, je ne suis pas un voleur de noms, un voleur de vies. Mais écrivant sur cette ferme, sur ce hangar, sur ceux qui ont vécu là, pendant tellement d'années, sur leurs vies cabossées, comme toutes les vies, c'est comme si j'entonnais, pour eux, la litanie des saints de mon enfance, au milieu des champs, sous la pluie, pour leur redonner vie, pour les ressusciter. Piétiner leurs vies sous ce hangar abandonné, c'est une immense pitié. Et c'est aussi, pour moi, un devoir de piété, comme lorsque la procession des rogations, avec tous les fidèles chantant la litanie des saints, s'arrêtait devant une croix de granit plantée au bord d'un chemin, avec la foi en la résurrection.

Je pense à eux, à ceux qui ont vécu là, dans cette ferme désertée, cette ferme fantôme, comme je pense à mes parents, à ce que fut leur vie pendant les mêmes années, à la même époque. J'ai devant moi, sur mon bureau, alors que j'écris ces lignes, la photo de mariage de mes parents. Ils sont si jeunes, ils sont si beaux, mon père a ce regard franc, avec ses yeux clairs, ma mère cette bouche délicate, ce léger sourire un peu mystérieux, ils n'ont pas le sou, ils n'ont rien, mais ils s'aiment, mon Dieu, ça se voit tellement qu'ils s'aiment, ça crève les yeux. Et puis un jour ça a été la guerre, sans merci, sans répit, jusqu'au dernier jour, jusqu'à la mort de mon père. Même si je n'oublierai jamais le regard de ma mère, le long regard de ma mère sur mon père en train de mourir, avec, m'a-t-il semblé, tout cet amour, d'un seul coup, qui submergeait tout, qui emportait tout, qui emportait ces années de guerre et de vie sans amour.

Mais je n'en sais rien. Toute vie est un mystère. Toute vie est une énigme. Je regarde la photo de mariage de mes parents et j'essaie de comprendre. Chacun de mes livres est une cérémonie à leur mémoire, à leur amour. Allumant les cierges, j'invite à la cérémonie les inconnus de la ferme abandonnée. Et je leur dis, les tenant par le bras : voyez, on ne vous a pas oubliés.

En même temps, regardant la photo de mariage de mes parents, scrutant leur visage à tous les deux, regardant leur regard, je me demande : que sais-je, finalement, de leur vie ? Que sais-je de leur vraie vie, de leur vie concrète, tout au long des années, de l'enfance à la mort ? Pas grand-chose, en vérité, si je veux être honnête. J'ai quelques dates, quelques lieux, Meillac, Bonnemain, Mortain, Le Teilleul, Trans. La litanie de mes lieux saints. J'ai des souvenirs. Mais de leur vie, à chacun d'eux, leur vie concrète, leur enfance, leur adolescence, leur rencontre, leur mariage, leur vie d'adultes, avant comme après ma naissance, je ne connais que ce que nous avons en commun : ma vie avec eux. Et encore : ce qu'il m'en reste, ce dont je me souviens. J'ai tellement oublié, j'ai tellement perdu…

Jamais je ne leur ai demandé de me parler de leur vie, de me raconter leur vie, à Meillac, à Bonnemain, avec leurs parents, avec leurs frères et sœurs. Même la bataille de Mortain, quand ils se sont retrouvés entre les lignes allemandes et les lignes américaines, quand leur vie s'est jouée à un cheveu, quand ils ont dû partir à pied en Bretagne sous les bombardements, ce n'est pas eux qui me l'ont racontée. Ce sont mes frères et sœurs. Ce sont les souvenirs de mes frères et sœurs. Peut-être est-ce le lot des familles nombreuses, surtout quand on est, comme moi, le huitième sur dix, cette difficulté, pour chaque enfant, à être en intimité avec ses parents, à les avoir juste pour soi, à leur demander, en tête à tête : raconte-moi, s'il te plaît. Raconte-moi ! On n'a pas ces moments-là, on n'a pas cette intimité-là. En tout cas, moi, je ne les ai pas eus. Et c'est sans doute, pour une bonne part, de ma faute à moi. La vie passe, la vie s'écoule. Et on ne prend pas le temps de poser des questions, les questions qu'il faudrait pourtant poser. J'étais souvent perdu dans mes rêves, dans mon imaginaire, je lisais tellement, aussi, j'étais dans un autre monde, mon monde à moi, inaccessible aux autres. Et sans doute me rendais-je, moi, inaccessible. Mon frère Bernard m'a dit, il n'y a pas longtemps, avoir entendu notre mère lancer à la cantonade, alors que j'étais plongé dans un livre : « Alain, quand il lit, la maison pourrait s'écrouler, le toit nous tomber sur la tête, il ne s'en apercevrait même pas… » Mais la maison s'écroulait tous les soirs, maman, le toit me tombait sur la tête tous les soirs. Et moi je voulais survivre. Alors je m'enfermais dans mes rêves, dans mon imaginaire. Alors je lisais comme un damné.

C'est ainsi, sans doute, que je suis, pour une bonne part, passé à côté de la vie de mes parents. Pour me préserver. Pour me sauver. Mais le prix à payer, je m'en rends compte aujourd'hui, était bien lourd, beaucoup trop lourd. J'ai manqué la vie de mes parents, leur vie concrète, leur histoire, leurs souvenirs à eux. Je ne peux m'en prendre qu'à moi-même.

Mais ils sont morts si jeunes, aussi, mon père à cinquante-trois ans, ma mère à soixante ans. C'est quand ses parents sont vieux qu'on leur demande de raconter, de se pencher sur leur passé, comme on dit. C'est du moins ce que je m'imagine, ce que je me dis aujourd'hui. Allez, raconte-moi. Dis, c'était comment à la ferme de Chantepie, à Meillac ? C'était comment, à Bonnemain ? Et le père raconte, et la mère raconte. Mais je me demande si ce n'est pas une scène que j'ai lue dans un livre, enfant, une de ces scènes qui restent gravées dans la mémoire, les parents très âgés, au soir de leur vie, qui se racontent enfin. Dans la vraie vie, dans la réalité, ces choses-là n'arrivent peut-être pas. Comment pourrais-je le savoir ? Mes parents n'ont pas eu le temps de devenir vieux. Je suis plus vieux que mon père, je suis plus vieux que ma mère. J'ai soixante-six ans. Je n'arrive pas à m'y faire. Je ne m'y ferai jamais.

Alors peut-être puis-je, aujourd'hui, essayer d'en dire un peu plus sur mon père et ma mère, d'aller plus loin que ce que j'ai déjà dit sur eux. Quand on écrit, on en apprend beaucoup sur soi. Quand on écrit sur ses parents, on en apprend beaucoup sur ses parents. Pas seulement pendant l'écriture du livre. Mais après, dans les mois et les années qui suivent. Parce que ce qu'on a écrit nous hante, on comprend qu'on n'en a pas assez dit, ou qu'on a mal parlé, ou du moins pas comme il aurait fallu. On a construit une image, on a peint un tableau. Mais ce n'était peut-être pas exactement comme ça. Il y avait autre chose, en dehors de l'image, en dehors du tableau. Et cela, on le comprend peu à peu, avec le temps. On a des repentirs, comme les peintres qui recouvrent un tableau qu'ils ont peint par un autre tableau. Je ne veux pas recouvrir ce que j'ai peint, effacer ce que j'ai écrit. Mais ajouter autre chose, par repentir. Par exigence d'honnêteté, de vérité. Pour garder de mes parents une image plus fidèle. Plus juste.

De mon père, je l'ai dit, j'ai l'image de celui qui apportait la guerre, le soir, en rentrant à la maison, en titubant. Ou en faisant semblant de tituber, comme pour en rajouter, pour se conformer à l'image que nous avions de lui. Je ne sais pas, je n'en sais rien. Il poussait la porte, il rentrait et la guerre reprenait, entre ma mère et lui. Tous les soirs la guerre. Tous les soirs j'avais le ventre noué, le cœur dans un étau. J'ai eu honte d'avoir ce père-là, qui buvait, qui déclenchait la guerre à la maison. Et j'ai honte, aujourd'hui, d'avoir cette image-là de mon père, de ne me souvenir de mon père que comme celui qui déclenchait la guerre. J'ai honte de ne pas avoir voulu comprendre sa souffrance, sa douleur, l'infinie douleur d'être celui qui déclenchait la guerre, aux yeux de sa propre famille, aux yeux de ses enfants. De n'être que celui-là. Je n'ai pas voulu savoir qui était mon père, réellement. Je voulais que mes parents s'entendent, qu'ils fassent la paix, je voulais qu'ils s'aiment. Il me semblait que j'avais droit à leur amour l'un pour l'autre, que c'était ainsi que devaient être les parents pour leurs enfants. Étant privé de cet amour, j'en ai rendu mon père responsable, puisque dès qu'il rentrait c'était la guerre qui reprenait.

Mais de sa souffrance, de l'angoisse qui devait lui torturer le cœur, chaque soir, avant de pousser la porte, je n'ai rien voulu savoir. Je suis sûr, aujourd'hui, qu'il voulait la paix, qu'il aurait bien voulu la paix, pour lui, pour ses enfants, pour tous. Qu'il ne souhaitait que cela : la paix. Je suis sûr qu'il n'avait qu'une envie, avant de pousser la porte, c'était de retrouver une famille en paix, d'être celui qu'on attendait, le père qu'on attendait, rentrant du travail, avec amour. Mais ce n'est jamais arrivé. Les choses ne se sont pas passées comme ça. Ce qui s'est passé, c'est que j'ai eu honte de mon père. Et que je l'ai privé de l'amour de son enfant pour lui. Ce que je sais de la vie de mon père, ce sont des cris, soir après soir, les mêmes éternels reproches, les mêmes éternelles invectives. Mon père, c'est quelqu'un qui rentrait, qui était ivre ou qui faisait semblant, et qui était seul, au milieu de nous tous, si totalement seul. C'est cet homme seul qui, au fil des années, s'est mis à rentrer tard, très tard, de plus en plus tard, pour ne plus être celui par qui le malheur arrivait.

Mais je ne sais presque rien de sa vie en dehors de la maison, sa vie au travail, sur les chantiers, avec les cantonniers. J'ai appris qu'il était aimé, beaucoup aimé, sur les chantiers. Que c'était un homme bon, souriant, drôle, qui avait le cœur sur la main, qui dépannait les autres. J'ai appris que les gens l'aimaient. Je l'ai appris trop tard, des années trop tard, longtemps après sa mort. Mais c'est sans doute parce que je n'ai pas cherché à le savoir, parce que je n'ai pas voulu le savoir. Sa vie de syndicaliste, puis d'animateur du comité des fêtes, à Trans, avec M. Mazurage, militant communiste, ancien des Brigades internationales, alors qu'il était, lui, très catholique, très à droite, je ne m'y suis pas intéressé. Bien sûr, j'étais très jeune, j'étais un enfant. Et, dès l'âge de dix ans et demi, j'étais en pension, loin de Trans, loin de ma famille, pour de longs mois, ne revenant à Trans que pour les vacances. Mais c'est une piètre excuse. Une bien pauvre excuse.

J'ai manqué mon père par ma faute et puis c'est tout. Et je ne cesse de me demander : sa vie aurait-elle pu être différente ? Aurait-il pu avoir une autre vie ? Pourquoi, un jour, tout s'est-il cassé ? Il y a eu de longues années d'amour entre mes parents. De belles et longues années. Et puis un jour le fil s'est brisé. Un jour, ça a été la guerre. Ça a été l'enfer. Et ce qui me taraude, ce qui me hante, c'est de ne même pas avoir le souvenir de ces belles et longues années d'amour entre mes parents. Cet amour-là, qui était celui de mes parents lorsque j'étais enfant, au Teilleul, après la guerre, après la bataille de Mortain, je n'en ai aucun souvenir. Mes parents ont été heureux, et nous avec eux, heureux de leur amour. Et je n'en ai aucun souvenir, je n'en ai gardé aucune image. Ne reste que la guerre. Et le pire : la honte que j'avais d'avoir ce père-là.

Je n'ai jamais parlé avec mon père. Ni de cela, ni de rien. Moi aussi j'étais seul avec ma souffrance. Deux solitudes, deux souffrances, qui se frôlent sans rien se dire. Je me suis cadenassé à l'intérieur de moi-même. J'ai tout gardé pour moi. Jusqu'à ce que je puisse tout dire, tellement d'années plus tard, dans *Chaque jour est un adieu*. Tout dire ? Bien sûr que non. Mais l'essentiel. Du moins je le crois. L'essentiel de ce qui hantait mon cœur d'enfant. Un cœur verrouillé, claquemuré. J'ai entrouvert la porte. Et je ne cesse, depuis, de vouloir rendre justice à mon père, de réparer mon injustice. J'essaie de voir cet homme blessé, ouvrant la porte de sa propre maison, chaque soir, et, chaque soir, traité comme un intrus, comme un étranger, parce qu'il était celui qui déclenchait l'orage. Je ne cesse, depuis, de demander pardon à cet homme blessé, mon père, traité comme un intrus.

Je regarde une autre photo, encore plus vieille que la photo de mariage de mes parents. C'est une photo de ma mère adolescente. Elle doit avoir quinze ans, un peu plus, un peu moins. Elle est debout, les bras derrière le dos, à côté de sa mère, de son beau-père et de ses deux demi-frères. Son père à elle est mort très jeune, alors qu'elle n'avait que huit ans. Sa mère s'est remariée. Et la voilà debout devant la maison familiale, à Bonnemain, avec sa mère, son beau-père et ses deux demi-frères. Une demi-sœur naîtra un peu plus tard. Cette adolescente sur la photo m'est une inconnue. Je ne connais rien de ce qu'elle a vécu, pendant ces années-là. Sa mère et son beau-père ont un léger sourire, sans doute pour la photo. Mais ma mère, elle, l'adolescente sur la photo, ne sourit pas. Elle a un regard triste. Elle nous regarde droit dans les yeux. Elle se tient droite, les bras derrière le dos. On se dit qu'elle a souffert. On se dit qu'elle est indestructible.

Cette adolescente de quinze ans, ma mère, a ce regard qui vient de très loin, de tellement loin. Elle est fière. Elle veut vivre sa vie, sa vie à elle. Elle s'occupe de ses deux demi-frères, qu'elle élève comme une mère, me dira l'un d'eux, mon oncle, des dizaines d'années plus tard. Oui, cette adolescente m'est une inconnue, car je ne sais rien de sa vie d'adolescente, elle ne m'en a jamais parlé. Mais je la vois, sur cette photo, comme je l'ai connue, comme je l'ai aimée : fière, volontaire, indestructible. Farouche.

En même temps, je découvre ce que je n'ai pas vu, ou pas su voir : un voile de mélancolie, une tristesse dans le regard, elle que j'ai connue joyeuse, optimiste, pleine de courage, pleine d'allant, comme on dit. J'ai du mal à détacher mon regard de cette photo qui me fascine. Et j'ai du mal à la regarder longtemps. Je n'arrive pas à croire que je suis le fils de cette adolescente, qui m'est une énigme. Cette tristesse dans le regard, ce voile de mélancolie… Je me dis que je n'ai jamais pensé à ma mère comme à une jeune fille qui a eu son lot de malheurs, de souffrances. Son père mort si jeune, alors qu'elle-même était si jeune. Sa mère malade. Son beau-père, celui qu'on voit sur la photo, avec sa moustache, son bon regard, son bon sourire, mort quelques années plus tard, peu de temps après cette photo. Oui, ma mère a souffert, enfant, adolescente.

On ne pense pas à la vie de ses parents avant sa propre naissance. Ce qui compte, c'est ce qu'on vit avec ses parents, c'est comme s'il n'y avait rien eu avant. On est tellement occupé avec sa propre vie, les problèmes et les soucis de son enfance, de son adolescence, qu'on n'imagine pas ce qu'ont vécu nos parents, avant. Les parents sont censés s'occuper des soucis de leurs enfants. Et les enfants ne veulent rien savoir des soucis de leurs parents, avant. C'est pourquoi je regarde la photo de ma mère à quinze ans avec une sorte de stupéfaction, de sidération.

L'image que j'ai gardée de ma mère est celle d'une femme tellement douée pour le bonheur, le sien comme le nôtre. Je la vois s'occupant des fleurs et des légumes, dans le jardin, donnant à manger aux poules et aux lapins, dans la cour, étendant les draps sur la corde à linge au soleil et s'amusant de nous voir nous cacher sous les draps comme sous une grande tente blanche. Je la vois heureuse de nous voir heureux. Je la vois parlant avec tout le monde, à Trans, dans le bourg, demandant des nouvelles des voisins et des passants, remontant le moral, donnant à ceux qui avaient moins que nous, accueillant les uns et les autres autour de la grande table, dans la cuisine. Ma mère, de bonne humeur. Et me donnant le goût du bonheur, l'envie d'être heureux.

Ce que je vois, sur cette photo, c'est que son courage, sa volonté de ne jamais baisser les bras venaient de cette tristesse dans son regard, de cette mélancolie de madone triste. Vaincre le malheur, tracer sa vie en échappant aux griffes du malheur, voilà ce que me dit son visage. Sur la photo, elle ne joue pas la jeune fille modeste, gentille, attentionnée. Pas l'ombre d'un sourire. Elle est fière. Elle est libre. Elle est intransigeante. Je me rappelle soudain, la regardant, un épisode de ma vie au pensionnat, à Dinan. Quand on partait en pension, il fallait avoir un trousseau. Comme on n'avait pas beaucoup d'argent, on n'avait pas beaucoup de vêtements neufs. J'ai porté et usé les pulls, les chemises ou les culottes courtes de mes frères, déjà passablement usés. J'en avais un peu honte, parfois, quand je voyais les vêtements de mes camarades. J'avais le sentiment d'être attifé comme un clown. Petites misères des petits pensionnaires. Mon frère et moi (nous étions tous les deux pensionnaires ensemble), nous donnions notre linge à laver à la buanderie du pensionnat, tenue par deux religieuses. Un jour, elles nous ont rendu notre linge en nous disant qu'il était trop usé, qu'il se déchirait, qu'il se trouait dans la machine à laver, et en nous faisant la leçon : elles ne pouvaient rien faire pour du linge aussi usé, il fallait que nous disions à nos parents qu'il était urgent d'acheter des vêtements neufs, de qualité. Honteux, me sentant presque coupable de porter des vêtements aussi nuls, j'ai écrit à ma mère ce que nous avaient dit les deux religieuses. Sa réaction a été immédiate. Elle m'a répondu que, désormais, nous ne donnerions plus notre linge à laver à la buanderie du pensionnat. Puisqu'il n'était pas assez beau pour les deux bonnes sœurs, elle allait s'en charger elle-même. Elle a alors mis sur pied toute une organisation. Notre voisin à Trans, monsieur Blin, celui qui était boucher, venait tous les jeudis au marché à Dinan acheter des bêtes pour son abattoir (car il avait son propre abattoir). Nous devions donc, chaque jeudi (ou était-ce un jeudi par mois ?), déposer notre paquet de linge dans un café, près du marché, que venait récupérer le boucher. En échange, il déposait un paquet de linge propre, lavé, essoré, repassé par ma mère. Le plus précieux, dans le paquet de linge propre, c'était la lettre de ma mère. Chaque semaine, elle nous écrivait une lettre qu'elle mettait dans le paquet de linge propre. Je ne cessais de la lire et de la relire pendant toute la semaine, jusqu'au jeudi suivant. C'était la lettre anti-cafard, l'affreux cafard des pensionnaires.

Je savais ce que ça voulait dire, cette décision de ma mère de se charger de notre linge. Ce que ça impliquait pour elle, très concrètement. Il n'y avait bien sûr ni machine à laver ni même d'eau chaude à la maison. Ma mère faisait bouillir le linge dans une lessiveuse, dans la cour de monsieur Blin, notre voisin boucher, derrière chez nous. Puis elle transportait le linge, si lourd, dans une brouette, pendant un kilomètre, jusqu'au lavoir en plein champ. Elle se mettait à genoux dans la paille, elle frottait au gros savon dans l'eau froide, elle tapait avec son battoir, elle frottait, elle rinçait dans l'eau froide, elle essorait le linge de ses doigts gourds, elle rechargeait la brouette et elle rentrait au bourg à pied, poussant sa brouette. Puis elle étendait le linge dans la cour. Et, une fois sec, elle le repassait, avec un vieux fer en fonte. Avoir à s'occuper de notre linge en plus, alors qu'elle pensait ne plus avoir à le faire pendant que nous étions en pension, c'était tout ce travail en plus, chaque lundi, qu'il pleuve ou qu'il vente, ce poids en plus dans la brouette, ce linge en plus à laver, à frotter, à rincer dans l'eau froide du lavoir. C'était le prix à payer, pour ne pas se faire humilier par deux bonnes sœurs qui trouvaient que notre linge était trop usé, du linge de pauvres. On a sa fierté, disait souvent ma mère. Elle n'allait certainement pas s'excuser auprès des bonnes sœurs, elle n'allait certainement pas leur dire qu'elle était désolée, qu'elle allait acheter des vêtements neufs, des vêtements solides. Elle n'a rien dit. Elle a décidé de s'occuper de notre linge. Elle a demandé à monsieur Blin, notre voisin, d'amener le linge propre à Dinan, de rapporter le linge sale à Trans. Elle a fait ce qu'elle devait faire, pour clouer le bec aux deux bonnes sœurs. Et tant pis pour les engelures et les gerçures dans l'eau froide du lavoir. C'était ma mère, fière, avec l'orgueil de ceux qui n'ont pas à s'excuser parce qu'ils n'ont pas assez d'argent. Et j'étais fier, moi, d'avoir cette mère-là.

Mais c'est aussi l'intransigeance qui me frappe dans le regard de l'adolescente sur la photo. Et me revient alors combien elle a été intransigeante avec nous, les enfants. Aimante, chaleureuse, gaie, d'une gaieté contagieuse. Mais intransigeante, aussi. Sur le respect des autres, le respect des valeurs qu'elle nous avait transmises, car nous devions donner l'exemple aux autres. Nous n'avions rien, ou pas grand-chose, mais nous devions donner l'exemple. Nous devions être exemplaires. Irréprochables.

Nous ne devions être ni humbles ni soumis face aux puissants, aux arrogants, aux plus riches que nous. Mais irréprochables. C'était le prix de cette fierté que je lis dans son regard, sur la photo. Et cette intransigeance n'allait pas sans une certaine dureté avec nous, les enfants. Avec certains d'entre nous.

Et avec mon père, me dis-je aujourd'hui, parce que je veux être juste. Oui, elle a été dure avec mon père. Elle l'aimait tellement, pourtant, elle l'aimait tellement… Mais elle a été dure avec lui. Je ne veux pas m'immiscer dans ce que fut leur vie à eux, dans ce que fut leur amour, puis la mort de l'amour, je ne veux pas entrer dans les raisons profondes, intimes, de cette guerre sans fin entre eux, je m'en sens incapable. J'ai tellement aimé ma mère. J'ai tellement souffert de mon manque d'amour pour mon père. Je veux les réunir, ici, dans un même amour. Je n'ai rien d'autre à ajouter.

On devrait écrire chaque livre comme si c'était le dernier. C'est ce que je me suis dit en commençant celui-ci, en me lançant dans l'écriture de ce livre, comme en état d'urgence. Cette ferme abandonnée, ce hangar désolé, tous ces papiers jetés par terre, ces papiers si précieux témoignant de vies si précieuses livrés au vent, à la pluie, à la curiosité des passants, profanés par des inconnus, je me suis dit que si j'écrivais tout cela, ce serait mon dernier livre. On se dit parfois des choses idiotes, péremptoires, qui sont autant de prétextes pour prendre la pose, flatter son ego. Je le sais. Je ne suis pas dupe. Mais c'est pourtant ce que je me suis dit, sous cette pluie de fin du monde, tandis que je déchiffrais ces vieux papiers et que surgissaient les fantômes de tous ces morts. J'ai été pris d'une espèce de rage et de désespoir en pensant à ces vies saccagées, oubliées, j'ai pensé à mes morts, à ma vie, à ma mort, avec un sentiment d'urgence qui m'a serré la gorge. Je veux rendre justice aux morts, me suis-je dit, je veux célébrer la vie. Et ce sera mon dernier livre.

Les traces s'effacent, les souvenirs s'estompent, les vieux papiers jaunissent, tout se défait, tout disparaît. Mais je me dis que ce n'est pas juste, avec la rage de l'enfant qui dit en pleurant « c'est pas juste ! » quand il a le sentiment que tout, soudain, n'est qu'injustice et qu'il n'y est pour rien. Enfant de chœur à l'église de Trans, puis plus tard au pensionnat, et plus tard encore au Canada et à Rome, au noviciat et à l'Université grégorienne, alors que je croyais avoir la vocation, j'ai entendu le prêtre dire, pendant la messe, au moment de la consécration : « Faites ceci en mémoire de moi. » Depuis longtemps je ne vais plus à la messe. Je n'entends plus les paroles sacrées. Mais j'écris pour faire mémoire. Ce livre est un autel où je veux faire mémoire. J'entends les morts me dire : fais ceci en mémoire de moi. Je déteste les tombes, je déteste les cimetières. Alors j'écris. Je fais revivre par les mots. Je chante ma litanie des saints. Je veux unir les vivants et les morts en pensant à ceux que j'aime, à ceux que j'ai aimés, mais aussi à ceux dont je ne sais rien mais dont la vie est sacrée.

J'ai gardé une photo de mon père prise sur son lit de mort, le lendemain de sa mort. Je l'ai vu entrer en agonie, j'ai entendu ses râles, mais je ne l'ai pas vu mourir, son agonie étant si longue, si épouvantable, pendant la nuit, que ma mère nous avait demandé d'aller nous coucher, nous les plus jeunes. Je suis allé le voir au matin. Et la photo que j'ai gardée le montre tel que je l'ai vu, au matin. La photo d'un mort. La photo d'un vieillard : mon père, mort à cinquante-trois ans. Il n'a pas eu la vie dont il avait rêvé. Il n'a pas eu la vie qu'il méritait. Je ne l'ai pas aimé comme il l'avait rêvé, comme il le méritait. J'écris ma rage, j'écris mon désespoir. J'allume deux cierges sur l'autel de sa mémoire. Je fais brûler l'encens. Je dis : je t'ai toujours aimé.

Ma mère, je n'étais pas là au moment de sa mort. Atteinte d'un cancer généralisé, découvert beaucoup trop tard (ma mère ne se plaignait jamais), elle était chez mon frère Jean, à Saint-Brieuc. J'étais venu la voir juste avant sa mort, le jour d'avant, je m'étais précipité pour aller la voir, avalant les kilomètres à toute vitesse, comme si j'étais sûr de ne pas la revoir vivante. J'étais poussé par l'urgence de la voir en vie, avant qu'il ne soit trop tard. Quand je suis revenu la voir, le lendemain, elle venait juste de mourir. Je suis resté longtemps à la regarder, longuement. J'avais envie de crier, de hurler. Mais je n'ai rien dit.

Pas un mot. Rien. J'ai tout gardé pour moi, en moi. Et je suis ressorti dans la rue en pleurant, en laissant parler mes larmes, enfin. Cette vie si courte, et tout cet amour. Et le regard si triste de l'adolescente sur la photo. Ma mère.

J'ai vu le corps de ma sœur Agnès retenu par des branchages, pris dans les herbes, sous un pont, dans la rivière de la clinique. Des pompiers, avec une gaffe, essaient de dégager son corps, de l'amener vers la rive, ils s'y prennent mal, son corps s'échappe, est emporté par le courant, s'en va, au milieu des herbes et des roseaux. Enfin les pompiers réussissent à l'arrêter, à le hisser sur la rive. Et voilà Agnès, le corps d'Agnès, dans l'herbe, à mes pieds, enveloppé dans son manteau rouge. Agnès, qui vient de se suicider. J'ai vu récemment un film coréen, dont le titre est *Poetry*, qui commence ainsi : on retrouve dans une rivière, sous un pont, le corps d'une jeune fille qui vient de se suicider. Dans le film, elle s'appelle Agnès. Je ne sais pas si Agnès est un prénom courant en Corée du Sud. Il se trouve que *Chaque jour est un adieu*, où je parle d'Agnès, de son suicide dans la rivière, a été traduit en coréen. Je ne sais pas s'il s'agit d'un hasard, d'un simple hasard. Tout ce que je sais, c'est qu'Agnès est morte. C'est qu'elle s'est suicidée. Et que j'ai trouvé son corps pris dans les branches sous un pont, dans la rivière de la clinique. Tout ce que je sais, c'est que mon cœur s'est mis à battre très fort, très vite, quand j'ai vu le film coréen qui me parlait d'Agnès. Et que je suis sorti de la salle de cinéma en tremblant.

À la Fête-Dieu, à Trans, il y avait des reposoirs couverts de fleurs, où s'arrêtait la procession. Des fleurs que nous allions cueillir sur les talus, dans les champs, au grand soleil. Voici mon reposoir pour reposer vos corps, vous trois qui êtes morts. Les mots que j'écris sont des fleurs pour les recouvrir, coupées dans les prairies de Trans, au mois de mai, quand il fait si beau.

Et laissez-moi pleurer, s'il vous plaît.

Je viens de faire la connaissance de Jacob, mon premier petit-fils, le fils de mon fils. Il a été inscrit à l'état civil de la mairie. Nom, prénoms, date et lieu de naissance. Il a son tout premier papier. Son existence est également attestée par le livret de famille. Il a aussi son carnet de santé. Le voilà paré pour la vie. Pour l'heure, il s'en moque. Il a autre chose à faire. Il est occupé à découvrir le monde. Il n'a ni passé ni histoire, à part le temps passé dans le ventre de sa mère. Il n'a ni remords ni regrets. Tout est devant lui. Tout est à vivre. Je le vois sourire dans ses rêves. De quoi rêve un nouveau-né, qui vient tout juste de naître ? Comme on aimerait le savoir, comme on aimerait s'en souvenir…

Le voilà venu au monde, comme on dit. Dans les jours qui viennent, il va ouvrir les yeux, de plus en plus. Et voir, de mieux en mieux, les formes, les mouvements, puis les visages, les couleurs. Pourquoi ne gardons-nous aucune mémoire de ces instants-là, des tout premiers instants de notre venue au monde ? C'est là où tout commence, les premières secondes, les premières minutes, les premiers jours de ce qui s'appelle une vie. Rien n'est écrit. Tout est ouvert, tout est possible. La vie devant soi. Il faudrait se souvenir de ces moments-là, de ce pur miracle, avant que la vie s'écrive et se joue. Chacun de nous, chacun des inconnus que nous croisons a été ce nouveau-né, ce nouveau venu, qui souriait dans ses rêves. Et rien n'était écrit. Pas une page, pas un mot.

Nous sommes tous cabossés par la vie, nous avons pris des coups, nous avons rêvé, espéré, nous avons aimé, nous avons regretté. Nous sommes faits de tout cela, bon gré, mal gré, entre moments de bonheur et tout ce qu'on aimerait oublier. Mais il y a eu, pour chacun d'entre nous, ce moment-là, unique, où tout n'était que promesse, l'immense promesse d'une vie toute neuve. N'est-ce pas l'obscur souvenir de ce moment-là qui nous fait aimer la vie malgré tout, contre tout, parce que rien, jamais, n'est irrémédiable, parce que rien, jamais, n'est écrit d'avance ?

Voilà ce que je dis, en silence, à Jacob, mon premier petit-fils, qui sourit dans ses rêves.

Et voici ce que me dit Jacob : pense aux morts, mais occupe-toi des vivants.

Du même auteur

D'amour et de nuit
Éditions de la Grisière, 1971

Les Chemins de Bob Dylan
Éditions de l'Épi, 1971

Aube-Mer
Éditions Saint-Germain-des-Prés, 1973

Yves Montand
Éditions Henri Veyrier, 1977

Mon œil. Chroniques cyclothymiques
d'un zappeur professionnel
Éditions Syros-Alternatives, 1989

Les Mémoires de Mon œil
Seuil, 1993

Je ne vous ai pas interrompu !
Seuil, 1994

Les Images
Seuil, 1997
et « Points », nº P1220

Chaque jour est un adieu
Seuil, 2000

Un jeune homme est passé
Seuil, 2002

Comme une chanson dans la nuit
Seuil, 2003

A-t-on encore besoin d'une religion ?
(en collaboration avec André Comte-Sponville et Bernard Feillet)
Les Éditions de l'Atelier, « Questions de vie », 2003

Dernières Nouvelles de Mon œil : chroniques
Seuil, 2003

L'Élève au cœur
(entretiens avec Marie-France Santoni-Borne)
Seuil, « L'Épreuve des faits », 2004

Lisez attentivement la notice
Petites chroniques de la vie quotidienne
(préface de Bruno Frappat)
Éditions Bayard / La Croix, 2005

Je marche au bras du temps
récit
Seuil, 2006

Chaque jour est un adieu
suivi de Un jeune homme est passé
« Points », n° P1614

Comme une chanson dans la nuit
suivi de Je marche au bras du temps
« Points », n° P1713

Les romans n'intéressent pas les voleurs
Stock, 2007

Le cintre était sur la banquette arrière
Petites chroniques de la vie quotidienne
Seuil, 2008

Celui qui n'est pas venu
Stock, 2009

Les Coulures du temps
(avec Luc Maréchaux)
Naïve, 2010

Et puis un jour j'ai entendu Bob Dylan
JBZ & Cie, 2011

RÉALISATION : PAO ÉDITIONS DU SEUIL
IMPRESSION : NORMANDIE ROTO S.A.S. À LONRAI
DÉPÔT LÉGAL : MARS 2013. N° 107926 (130735)
IMPRIMÉ EN FRANCE